NÃO HÁ NADA LÁ

JOCA REINERS TERRON
NÃO HÁ NADA LÁ

MÁ COMPANHIA

Copyright do texto e das ilustrações © 2011 by Joca Reiners Terron

*Grafia atualizada segundo o Acordo Ortográfico da Língua Portuguesa de 1990,
que entrou em vigor no Brasil em 2009.*

Capa
Retina_78

Preparação
Amelinha Nogueira

Revisão
Renata Del Nero
Carmen S. da Costa

*Os personagens e as situações desta obra são reais apenas no universo da ficção;
não se referem a pessoas e fatos concretos, e sobre eles não emitem opinião.*

Dados Internacionais de Catalogação na Publicação (CIP)
(Câmara Brasileira do Livro, SP, Brasil)

Terron, Joca Reiners
Não há nada lá / Joca Reiners Terron. — São Paulo : Companhia
das Letras, 2011.

ISBN 978-85-359-1940-0

1. Ficção brasileira I. Título.

11-07799   CDD-869.93

Índice para catálogo sistemático:
1. Ficção : Literatura brasileira   869.93

[2011]
Todos os direitos desta edição reservados à
EDITORA SCHWARCZ LTDA.
Rua Bandeira Paulista, 702, cj. 32
04532-002 — São Paulo — SP
Telefone (11) 3707-3500
Fax (11) 3707-3501
www.companhiadasletras.com.br
www.blogdacompanhia.com.br

— *Hexágono, heptágono, octógono, eneágono. Qual é o polígono com o maior número de lados? Qual é a figura que precede o círculo?*

— *O Castelo do Pássaro Branco.*

CHOMP CHUP PA

48.

Nada, nenhuma luz no horizonte a definir a latitude em que se encontrava, nenhum farol ou ilha, apenas estrelas mortas e a longa noite de tempestades à sua frente. Escalou o mastro principal da embarcação até perceber as montanhas a estibordo. Acima do tapete de nuvens púrpuras, um anjo de asas negras emitia um som agudo e terrível.

Guilherme Burgos senta-se numa cadeira nos fundos de sua casa em Lawrence, Kansas. É o dia 2 de agosto de 1997. Há um livro em suas mãos, ele rumina as palavras, escapa daquelas linhas enigmáticas e olha para o céu. Uma britadeira matraqueia ao largo da sequência de cercas da vizinhança, ocasionando um estranho fenômeno em seu cérebro. A mente de Guilherme Burgos funciona através de elipses, pensamentos circulares que se interrompem e retornam em fluxos repentinos. Tentado pela absoluta felicidade existente no círculo, por onde os outros amiúde começam, ele ousa terminar. E vice-versa. Guilherme Burgos ganhou a vida como escritor e agora, em seus estertores, qualquer barulhinho o impede de recuperar a confusão que tornou seu trabalho literário tão cultuado.

Apesar da perturbação, entretanto, Guilherme Burgos obtém um raro pensamento límpido na tarde luminosa de verão do meio-oeste americano.

E risca com a ponta da unha a textura envelhecida do couro que reveste o livro em suas mãos. "Não me parece restar tempo para você neste mundo, meu velho. A perfeição, simplesmente, de uma hora para outra, deixou de existir para nós. Pergunto-me como seria a morte do livro. Diga, como morrem os objetos perfeitos?" Ele levanta o olhar, alvejando a revoada de aves sobre sua cabeça, "Teriam uma morte semelhante à dos pássaros, páginas transformadas em asas, voando rente ao oceano em busca do turbilhão perfeito onde mergulhar? Suas asas imprimindo um rastro de palavras no céu, frases de adeus inscritas nas nuvens". Ergue-se de sua cadeira, o livro seguro nas mãos como se abrigasse um pombo negro, e o lança para o alto. As páginas do livro se abrem feito asas e formam o ângulo exato, alçando voo, ao passo que Guilherme Burgos permanece com os braços para cima, vaticinando aos céus: "Não há fim para o céu ou o livro".

Nesse instante em torno às nuvens que cobrem o quintal de sua casa estrutura-se um cubo gigantesco. O voo do livro é interrompido, mas ele permanece suspenso no ar, exatamente no centro do feixe de luz. Após alguns segundos, o objeto geométrico começa a girar e o livro desaparece, como se nunca tivesse existido.

Guilherme Burgos fica ali, estupefato. Tudo permanece claro ante o Tesseract surgindo no céu.

47.

Diante do palacete com centenas de aposentos que sua mãe mantém no nº 50 da rue de Chaillot, em Paris, Raimundo Roussel avalia os danos sofridos pela *roulotte* no último passeio, enquanto cofia o bigode, preocupado.

As rodas da *roulotte*, adaptadas de uma carruagem convencional para aquele fabuloso coche a motor, estão levemente amassadas, em consequência do peso considerável da banheira de bronze que o carro transporta e da irresponsabilidade de seu condutor.

No início da tarde do dia 13 de agosto de 1926, a figura reverendíssima de sua santidade, o papa Pio XI, dirige-se ao palacete de mme. Margarida Moreau-Chaslon, mãe de Raimundo Roussel. Todas as grandes autoridades da Europa, dentre elas consagrados escritores, artistas e cientistas, visitaram a maravilha sobre rodas de Paris.

Para coroar a trajetória gloriosa do *trailer* inventado por Raimundo Roussel, sempre descrito através de exclamações beirando o êxtase, falta apenas a bênção papal. Daí a compreensível irritação de seu proprietário, ao responsabilizar o chofer pelos danos causados à *roulotte* numa ocasião tão pouco propícia.

46.

Na noite de 14 de outubro de 1970, num apartamento imundo do bairro londrino de Kensington, cercado por *hippies* piolhentos vindos dos mais longínquos extremos do planeta, Torquato Neto aguarda o Grande Guitarrista. Com um *spliff* de haxixe numa mão, passando, depois de um gole, a garrafa de uísque a Carlo, o taitiano molambento sentado ao seu lado, Torquato Neto, em total estado de confusão mental, espera a chegada do Grande Guitarrista.

A babel polilíngue confinada à sala de Noel, um chileno expatriado, anseia pela prometida chegada do Grande Guitarrista, enquanto Torquato Neto pensa em areia branca, recortes verdes das letras garrafais de uma revista contrapostos ao céu luminoso, mesas desmontáveis dos camelôs de badulaques e um veloz ônibus azul em movimento pelas avenidas da Guanabara.

Ao ouvir o burburinho excitado dos convivas, Torquato Neto levanta os olhos e vê o Grande Guitarrista Jaime Hendrix com seu olhar esgazeado e um grande chapéu de plumas lilases, primeiro emoldurado pelo batente da porta, depois oculto pelos cumprimentos efusivos dos cabeludos.

45.

No dia 21 de maio de 1867 o jovem uruguaio Isidoro Ducasse coloca a bagagem de mão no maleiro acima de sua poltrona, no vagão do trem que parte de Tarbes com destino a Bordeaux.

Ao dispor seus pertences no exíguo compartimento de bagagens, derruba com estardalhaço a valise de outro passageiro, esparramando os livros de seu interior. Enquanto pede desculpas a esmo, vê-se diante dos protestos do proprietário da mala, um pederasta já entrado em anos. Um tanto constrangido com a severidade reprovativa do senhor, Isidoro Ducasse se esforça em recolher os livros com rapidez, mas ao deitar sua face no corredor do vagão, a fim de alcançar certo volume caído sob a poltrona, vê emanar um brilho fantasmagórico da capa e nota o seu estranho título: *As Flores do Mal*.

Isidoro Ducasse, encantado pelo livro, o alcança para escondê-lo em seu sobretudo, alheio à vigilância perscrutadora do pederasta ancião.

44.

Na noite de 18 de julho de 1881, Arthur Rimbaud envereda por um atalho de terra batida carregando dois baldes d'água, quando é surpreendido pelo estampido de tiros ao longe.

Arthur Rimbaud embrenha-se na vegetação ribeirinha e observa através das folhagens um pequeno casebre do outro lado do Tayban, arroio próximo a Fort Sumners, um entreposto militar na divisa do Texas com o Novo México. Na varanda, alguns mexicanos curiosos e dois americanos armados veem emergir do escuro interior da casa o xerife Patrício Garret, com aspecto triunfante. Um uivo corta a distância existente entre a varanda, os mexicanos, os homens armados, os cavalos amarrados diante da casa, a margem esquerda do arroio, o arroio, a margem direita do arroio, as folhagens, até atingir os tímpanos de Arthur Rimbaud: "Gui-O-Guri está morto! Matei Gui-O-Guri!".

43.

Fernando Pessoa teme que essa aventura acabe numa pneumonia, pois o vento na Boca do Inferno se apresenta absolutamente impiedoso na tarde de 25 de outubro de 1930. Fernando Pessoa retira então uma pequena garrafa metálica do bolso superior de seu paletó e entorna um longo trago de aguardente, fazendo uma careta.

A paisagem árida ao norte de Cascais, com seus penhascos íngremes, tem como único atrativo as ondas enormes que arrebentam contra as escarpas dos rochedos, levantando espumas à altura do chapéu de feltro de Fernando Pessoa, a encobrir sua cabeça calva e urdidora dos dramas característicos de uma personalidade conflituosa.

Ao longe, a figura envolta em brumas caminha na sua direção, a capa esvoaçante lutando contra o vento. Fernando Pessoa puxa do relógio guardado em seu colete e atesta a tão propalada pontualidade britânica do mago Alistério Crowley, pois este chega no horário exato que haviam combinado.

42.

Na manhã de 13 de julho de 1917, Lúcia desanda a correr, adiantando-se às outras crianças. Ela desce a encosta da Cova da Iria, próxima à vila de Aljustrel, mas com tal ímpeto que termina por deixá-las para trás.

Quando atravessa o denso emaranhado de ameixeiras que circundam o topo do morrete, sente uma presença estranha ao seu redor. Olha então para os lados e vê minúsculos diabos vermelhos brincando nos galhos das árvores.

Lúcia grita por Jacinta e Francisco, e prossegue, desabalada, a escalar a colina, pisoteando os demoniozinhos que despencam das árvores às gargalhadas por onde ela passa. Ao chegar no topo, a Senhora já a está aguardando, sobre a azinheira circundada por luzes, acima de uma nuvem espetacular, com uma capa azul cravejada de pedrarias sobre os ombros: "Olá, minha querida Lúcia, sente-se e descanse, enquanto aguardamos as outras crianças. Descanse bem, pois hoje lhes mostrarei o Inferno".

41.

A capa do livro jogado no solo do quintal de Guilherme Burgos reflete o vulto do gigantesco Tesseract girando no céu. O livro tem palavras rasuradas por dentro e por fora e está selado com sete selos. Imagens cambiantes ilustram os selos, que emitem um agudo zumbido de estática. Guilherme Burgos parece extasiado com a completa dessimilitude entre os dois objetos. A incongruência do Tesseract, um improvável cubo quadridimensional, parece mais evidente contraposta à perfeição do livro. Guilherme Burgos tenta focalizar as imagens surgidas nos sete selos, mas elas se sucedem numa velocidade vertiginosa, sem relação aparente entre si e, misturadas aos ruídos irritantes de britadeira dos quintais suburbanos de classe média de Kansas City, terminam por induzir Guilherme Burgos a um êxtase místico, levando-o a abrir o livro.

Ao observar outra vez o céu, Guilherme Burgos descobre que o Tesseract desapareceu.

DA CONSIDERAÇÃO

O que é Deus? É longitude, largura, altura e profundidade.

SÃO BERNARDO DE CLARAVAL

O Tesseract é um cubo quadridimensional, também conhecido como *hipercubo*. Matemáticos e entusiastas de ficção científica sempre reservaram fascínio especial por suas propriedades e potenciais, mas as complexas dimensões físicas do cubo ainda escapam à compreensão de muitos.

A maioria dos leigos está familiarizada com as três dimensões do espaço (largura, profundidade e altura), mas qual deve ser a quarta dimensão para que um simples cubo se torne hipercubo? Essa dimensão é o tempo. Todas as dimensões do cubo são iguais: cada aresta tem o mesmo tamanho que as outras; cada face, a mesma área; todos os vértices formam com seus respectivos planos ângulos retos exatamente iguais. A característica essencial do cubo é sua regularidade. Como então poderíamos dar forma a uma figura que tenha as medidas de largura, profundidade, altura e duração (ou seja, tempo) idênticas?

Como é costumeiro proceder na solução de problemas que envolvam física, o primeiro a se fazer é estabelecer as unidades de medida a serem utilizadas. Usemos, portanto, o pé como unidade de cálculo para determinarmos largura, profundidade e altura. Qual a duração, no tempo, para quatro pés? Einstein demonstrou por meio da teoria da relatividade a equivalência constante entre tempo e espaço em todo o universo, independentemente do movimento do observador. A velocidade da luz é de 2.038.080.000 pés por segundo. O equivalente de quatro pés em distância é 0,00000002 segundos. Este é o tempo que a luz leva para transpor essa medida, cerca de 2 picossegundos.

Para um Tesseract se formar é necessário imaginar um cubo, quatro pés em cada direção, com duração no ar de apenas 2 picossegundos. Ocorre, porém, que 2 picossegundos não representam duração suficiente para o olho humano captar uma imagem, ou seja, observar um Tesseract de quatro pés é algo impossível. O quão grande deve ser um Tesseract para que sua imagem possa ser visível? Um *frame* de televisão tem duração de treze centésimos de segundo. Para um Tesseract ser visível, então, ele deverá ter 12 866 milhas em cada dimensão, ou cerca de metade da distância de uma volta ao mundo.

Mas tal cubo não é de todo impossível, desde que consideremos apenas uma espécie de matéria-prima viável para sua construção: luz. E como poderíamos construir um Tesseract nos utilizando apenas de luz? Um *laser*, por exemplo, gera pulsos de luz. Caso construíssemos um canhão cuja projeção fosse um quadrado regular com altura e largura de medidas iguais à distância que a luz atingisse durante um pulso do *laser*, daí então teríamos um hipercubo construído pela luz.

A principal característica de tal Tesseract seria sua impermanência, pois o cubo viajaria através do espaço e, simultaneamente, viajaria no tempo, existindo, como volume cúbico, apenas durante o tempo necessário para atravessar esse espaço.

quadrado regular com altura e largura de medidas iguais à distância que a luz atingisse durante um pulso do *laser*, daí então teríamos um hipercubo construído pela luz.

A principal característica de tal Tesseract seria sua impermanência, pois o cubo viajaria através do espaço e, simultaneamente, viajaria no tempo, existindo, como volume cúbico, apenas durante o tempo necessário para atravessar esse espaço.

...gular com altura e ... ...guais à distância que a luz atingisse durante ... ...las então ... um hipercubo construído ... ... principal **característica** de ta... ...manência, **pois o cubo viajaria** através ... ...mente, **viajaria no tempo**, existindo, como volume a... ...nas **durante o tempo necessário** para atravessar ...

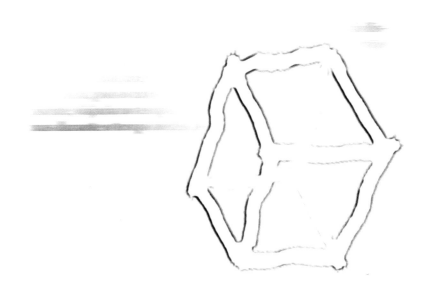

40.

Raimundo Roussel, cansado de esperar, decide entrar na *roulotte* para matar o tempo, ao passo que a carruagem do Santíssimo Padre não chega.

No centro do privilegiado salão de leitura de sua casa móvel, ele passa pelas estantes de mogno negro que vão do piso atapetado ao teto, preenchidas por volumes de Verlaine, Coppée, Verne e Roberto de Montesquiou, às vezes repetidos volumes de um mesmo título, tamanha sua obsessão por tais autores.

Nas paredes estão dispostos cartazes das encenações fracassadas de *L'Étoile au Front* e *La Poussiére des Soleils*, para os quais Raimundo Roussel sempre reserva um olhar melancólico. Ele se aproxima da finíssima cristaleira comprada na feira de Carlsbad por mme. Margarida Moreau-Chaslon. O intrigante móvel traz compartimentos muito discretos nas laterais, utilizados pelo proprietário da *roulotte* para o armazenamento de suas substâncias prediletas.

Raimundo Roussel abre então a gaveta reservada aos barbitúricos.

39.

Enjoado, Torquato Neto sai da sala enfumaçada atrás de ar fresco e entra em outro cômodo do apartamento abarrotado de cabeludos. O amplo quarto está repleto de plantas e objetos místicos, estatuetas de ídolos orientais e pôsteres de ídolos ocidentais. Entre um enorme cartaz de Jaime Hendrix solando sua guitarra com os dentes e outro de Jaime Hendrix incendiando sua Fender Stratocaster, encontra-se o próprio Grande Guitarrista. Sentado num tapete persa, ele parece flutuar a alguns centímetros do chão, pelo menos aos olhos chapados de Torquato Neto. O Grande Guitarrista tem um jeitão entediado de alguém que precisa de algo que está ausente, e olha suplicante para Torquato Neto, que se aproxima e logo diagnostica: "O nome disso aí é saudade".

Logo à frente de Jaime Hendrix, uma poça de vômito reflete a claraboia, permitindo entrever as luzes trêmulas dos postes diluídas na névoa da noite londrina.

38.

Decididamente impressionado pelo exemplar de *As Flores do Mal* furtado dos pertences do velho pederasta, Isidoro Ducasse está plantado numa estação próxima a Paris. Observa o trem se distanciar em direção a Bordeaux, fumaça se unindo às nuvens, o último vagão engolido pela boca do túnel.

Isidoro Ducasse ruma aos guichês de venda de bilhetes para se informar acerca de uma pousada qualquer na vizinhança que possa alojá-lo pelo tempo necessário para devorar o intrigante volume. Então, diante do funcionário do guichê e de olhares assombrados das pessoas aguardando seus bilhetes, é assaltado por descargas emitidas pelo livro em suas mãos e desaba.

Os viajantes, temendo sua incômoda aparência, afastam-se sem socorrê-lo. Somente então o amedrontado vendedor de bilhetes lhe murmura um endereço e Isidoro Ducasse se levanta, vacilante, caminhando em direção à rua.

37.

O brigue *Amanite Vireuse* singra o Golfo do México vindo de Nova York. Apoiado na amurada a estibordo do mastro principal do navio, Arthur Rimbaud se desvia dos petardos arremessados pelas gaivotas e exclama sua palavra predileta: "Merda!".

Ao longe desponta o cais de Galveston, Texas, e seus pensamentos cavam palavras enterradas há muito: "América! The money, *les* dollars...".

Já em terra firme, Rimbaud observa a festa esfuziante de negros, mexicanos e aves engaioladas sobre as tábuas do píer. Imerso em meio à confusão de vozes e línguas, lamenta não ter deixado a França há muito mais tempo. Em vez disso, preferiu mofar em Roche, nos estábulos de sua família.

Surgem diversas tabuletas ao longo da rua principal da pequena cidade portuária. Com o alforje surrado a tiracolo, Arthur Rimbaud salta de estabelecimento em estabelecimento à procura de informações. Evita ser atropelado por uma diligência que irrompe rua afora, e admira o lamaçal da encruzilhada riscado pelas charretes. Os ferreiros martelam nas cocheiras, atarefados, enquanto pistoleiros cochilam à sombra do *saloon*.

Espichando seu olhar curioso, Arthur Rimbaud observa a agitação dos chineses no interior de lavanderias inundadas por vapores. Ele entra num armazém e apoia os cotovelos no balcão, mas, instantes depois, o local é invadido por homens armados. Após esvaziarem a caixa registradora, os assaltantes fogem a cavalo pela avenida principal, gritando palavrões em espanhol.

Na varanda em frente, Arthur Rimbaud reconhece as fuças de um dos ladrões estampadas num cartaz.

Encabeçando a foto, a frase: "Procura-se Gui-O-Guri — recompensa de $500".

36.

Embora acompanhe Alistério Crowley aproximando-se há cerca de duas horas, Fernando Pessoa não compreende o motivo de ele não chegar à Boca do Inferno, e seguir andando, alheio em outra dimensão do espaço-tempo.

Durante o tempo em que vê o mago vindo em sua direção, com passos obstinados e envolto em brumas que enegrecem o ar ao seu redor, Fernando Pessoa continua a recorrer à aguardente e relembra em voz alta alguns trechos das atas do rito sagrado de transubstanciação da Ordem da Aurora Dourada, enviadas por Alistério Crowley.

Veemente, Fernando Pessoa vibra os braços no ar e, com a voz já um tanto embargada, profere as fórmulas ritualísticas, dirigindo-as às águas intempestivas penhasco abaixo. As vagas revoltas, como que comovidas por seu discurso eloquente, explodem em fúria contra as rochas, alcançando o cimo das pedras, atingindo-o. Fernando Pessoa, meio bêbado, se desequilibra perigosamente em direção ao oceano, mas é agarrado a tempo pela mão forte de Alistério Crowley, que afinal chegara ao promontório.

35.

A Santíssima Senhora abre sua capa para as três crianças, e elas veem surgir imagens aterradoras. Do luminoso azul do tecido acetinado emanam cores líquidas, semelhantes às da superfície de um lago. Movimentam-se tempestuosas, depois desaceleram, aos poucos, até a estabilidade. A cor azul altera-se com a súbita invasão de vermelho-vivo e Lúcia nota os diabinhos que vira antes, cercando a colina, aos gritos sobre os galhos, semelhantes a uma multidão de pequenos macacos rubros. E então surge o Inferno. Na sua entrada, um enorme cão tem entre os dentes o corpo inerte do cruel Administrador de Vila Nova de Ourém, responsável pela acusação de bruxaria contra os jovens pastores. O cão mastiga a massa de carne humana, agitando-a para os lados até cansar-se do brinquedo, deixando-o e indo buscar outro corpo na numerosa fila de bifes que o aguarda. Ao ver perfilado nela o seu amado irmão desaparecido na guerra, a pequena Jacinta não resiste e cai em prantos: "Meu irmãozinho, meu irmãozinho, o que fazes aí? Como fostes parar aí?". A Santíssima Senhora acalma a pobre garotinha, colocando as mãos sobre sua cabeça, mas novas figuras conhecidas das crianças, como o oleiro do povoado de Fátima, cúmplice do Administrador na perseguição aos pequenos, queimam agora numa churrasqueira enorme, com chamas tão altas de modo a apenas o extremo de seus rostos deformados pelo sofrimento e pelo calor extremo poderem ser vistos.

É então que, ao lado dessas pessoas malévolas, as crianças localizam uma versão maltrapilha do Pastorinho. O garoto Francisco, lívido, olha para a Senhora, apenas para ouvi-la afirmar: "Há lugar para todos no Inferno, meu filho".

34.

Guilherme Burgos volta os olhos para o livro em suas mãos e lembra-se de uma imagem de si próprio, agarrado aos ferros quentes da carroceria de um jipe seguindo desabalado pelo deserto do Gran Erg Ocidental, a esmagar cobras e carcaças de bois, e novamente vê-se a si mesmo, olhando para o firmamento derretido da fronteira do Marrocos com a Argélia, vendo-o despencar. Guilherme Burgos agacha, desviando-se, e o jipe salta de duna em duna com os marroquinos loucos ao volante, rodopiando e gargalhando, ao passo que Guilherme Burgos protege-se dos estilhaços zunindo sobre sua cabeça. *O que faço aqui, revelando meus mistérios a esse estranho, somente a literatura poderia deflagrar o fim de algo que ela mesma erigiu, sim* O jipe adentra o deserto, destroçando ossadas de gnus e elefantes. Guilherme Burgos observa a poeira do Monte Atlas se aproximar e imagina se é mesmo o céu ou o Monte Atlas que desaba naquele dia de fevereiro de 1961. O carro avança por Bouarfa e Figuig, destruindo as *seifs* e suas linhas perfeitas, até Beni Abbés, onde os marroquinos malucos param para Guilherme Burgos descer e vislumbrar a paisagem árida.

Na direção do platô onde modula-se a ária seca dos ventos saarianos, Guilherme Burgos penetra as grandes fissuras das rochas, erodidas por séculos de ventania, até chegar a outro ponto do deserto, onde senta-se numa pedra.

Ao acompanhar os seixos se movendo sobre a planície, ele nota um objeto imóvel na areia, refletindo as luzes da abóbada celeste africana. Burgos descobre então um livro com sete selos impressos na capa, vendo as imagens ali estampadas se alternarem, substituídas numa velocidade vertiginosa, sete vezes sete, quarenta e nove, quarenta e nove vezes quarenta e nove, dois mil quatrocentos e um, dois mil quatrocentos e um vezes dois mil quatrocentos e um, cinco milhões, setecentos e sessenta e quatro mil, oitocentos e um diferentes selos.

33.

Depois de consumir sua cota vespertina de barbitúricos
— doze comprimidos de barbital, cinco cápsulas de nembutal,
oito das vermelhinhas de seconal e, para completar, três suposi-
tórios de nobriocox —, Raimundo Roussel começa a encher a
banheira de bronze do quarto de banhos de sua *roulotte*. Após
mergulhar na água temperada com diferentes sais trazidos de
sua última viagem à Índia, ele fecha os olhos e tem um pesadelo.
Um desfile de imagens apressado pela fanfarra dos barbitúricos tem início: um velho aparentado a um réptil está sentado
no quintal de sua casa atingida por raios do sol, nas mãos um
livro, e ele observa o céu; dois jovens examinam-se, um deles
flutua sobre o tapete persa que levita, enquanto o que está sentado estende sua capa de vampiro como se fosse uma bandeira;
outro rapaz observa o rosto imberbe e dentuço do caubói impresso no cartaz em combustão e conclui que há um brilho as-
sassino em seus olhos; debruçados sobre o balcão de um bar, um
homem assiste a outro desfiar, pela sua expressão de tédio, uma
cantilena interminável; três crianças ajoelham-se perante uma
imagem difusa que levita sobre um arbusto em chamas; um senhor de frágil compleição vocifera palavras inflamadas ao penhasco à sua frente, onde vagas enormes se despedaçam, e as

palavras parecem exigi-lo de tal maneira que seu tronco estremece ao final de cada frase, deixando-o exausto; na plataforma da estação, um moço observa a distância o trem enveredando pelo túnel adentro, e ele segura com firmeza um livro junto ao peito; o sumo pontífice é transportado pela carruagem conduzida por dois macacos, e as cenas prosseguem, aos jorros, num fluxo interminável, sem nunca se repetir.

Raimundo Roussel é despertado pelas batidas na porta. O mordomo anuncia que Sua Santidade, o papa Pio XI, acabara de chegar.

32.

Jaime Hendrix quase atinge o teto do quarto.
Torquato Neto pensa nas dunas de Ipanema, em bananais na restinga e nas águas azuis da lagoa. Essas imagens se combinam com a figura do Grande Guitarrista, flutuando no tapete persa logo acima de sua cabeça. Depois de algumas regurgitações, Jaime Hendrix põe-se a vomitar longamente, sem que isso interrompa sua levitação.

Fora da janela do apartamento, as luzes vibram através de uma chuva fina e ininterrupta, ao passo que Torquato Neto se desvia dos jatos lançados por Jaime Hendrix.

Este, após aliviar-se, começa a descer das alturas, perguntando a Torquato com ar divertido: "Nosferatu?". Torquato Neto, imerso no seu delírio povoado por abacaxis e mulatas e filmes super 8 e parangolés e pássaros cantando nos hospícios e uma cachaça límpida que escorre aos borbotões pelas paredes, abre sua capa negra, vibrando-a contra as omoplatas, como se fosse a asa de um morcego gigante.

O Grande Guitarrista sorri e pede a Torquato Neto que se aproxime. Ao aproximar-se, ele recebe um passe das mãos de Jaime Hendrix e sente sua capa se movimentando outra vez, e seus pés não mais tocam o chão.

31.

No final de 1867, logo depois de chegar a Paris vindo de Montevidéu e transferir-se para o Hôtel Gewvurz na rue Notre Dame-des-Victoires, Isidoro Ducasse desfaz as malas, senta-se sobre a cama e vê seu rosto refletido no espelho da cômoda. Exibe um olhar febril desde a leitura do volume encontrado sob a poltrona do trem, três anos antes. Aos seus pés resta ainda uma valise a ser desfeita. Ele desloca o minúsculo fecho em forma de flor-de-lis, abrindo-a. Então um brilho surgido de seu interior ilumina o teto do pequeno quarto de hotel, e Isidoro Ducasse retira o livro da valise, soltando-o pesadamente no chão. O volume despenca com estardalhaço, liberando brilhos metálicos do título gravado em sua capa de couro.

Isidoro Ducasse se recorda então do ocorrido naquele dia de maio do mesmo ano. Após se instalar numa pousada próxima a uma estação ferroviária qualquer no trajeto entre Paris e Bordeaux, iniciou sua tão ansiada leitura. Sopesando o grosso volume de páginas, pela primeira vez deixou escapar para si o nome do autor. "O poeta maldito, falecido há mais de dez anos. Esta edição deve ser belga ou suíça, pois sua circulação ainda está proibida em território francês. Há muito a procurava. Ei-la, enfim". E refletiu a respeito da perfeição formal do objeto, páginas à espera de seu olhar leitor em busca da recorrente sensação de descoberta ligada à ideia da abertura de um novo livro. Ao abrir o volume, para seu espanto, descobriu que as páginas estavam em branco: não havia nada impresso.

A nítida sensação de perfeição que o livro lhe transmitira até então desapareceu. *isso mesmo, o enorme sistema de línguas que é a literatura, construído com o germe de sua destruição desde a origem, o vírus Babel, somente a literatura poderia deflagrar o fim de tudo*

Atraído pelas luzes amarelas das lanternas a gás lá fora, Isidoro Ducasse aproxima-se da janela e observa a noite estrelada. Ao mirar a esquina em frente à pousada, nota o vulto de um homem observando-o a distância. Perplexo, retorna ao misterioso livro e vê o texto surgir diante de si, as palavras a exalarem seu odor negro de tinta recém-impressa.

30.

Na tarde de 29 de março de 1880, Arthur Rimbaud partiu de Marselha para Alexandria, no Egito, seguindo depois à ilha de Chipre. Ao descer no cais de Lanarca, tinha um contrato firmado com a Casa J. Norret & Filhos para liderar um grupo de trabalhadores cipriotas, turcos e árabes na construção do novo palácio a ser ocupado pelo governador inglês que administraria a ilha, no cume do Monte Troodos. Arthur Rimbaud ansiava por nova temporada sob o tórrido sol africano, depois de submeter-se ao rigoroso inverno das Ardennes, recuperando-se de uma febre tifoide contraída no verão anterior. Assim que desembarcou, livrou-se do terno encomendado por sua mãe ao melhor alfaiate de Roche, sentindo-se negro outra vez.

Depois de sete meses de trabalho árduo entre ex-corsários, soldados e marginais de toda espécie, Rimbaud iniciou uma campanha pessoal contra o tratamento dado aos seus operários pelo engenheiro-chefe da obra, que, em contrapartida, logo tratou de arregimentar dois vagabundos árabes com o intuito de retribuir ao francês o desagravo sofrido.

Numa noite de céu claro, Arthur Rimbaud saía da taverna The Sea Crow quando foi abordado pelos assassinos armados com punhais. Resistiu violentamente, atingindo o primeiro agressor com uma pedra, matando-o, enquanto o segundo homem fugia, assustado. Então Arthur Rimbaud sacou de seu punhal, curvo como uma cimitarra, e saiu em sua perseguição. Ao alcançá-lo, o esfaqueou diversas vezes, até que o árabe desfalecesse por terra.

Em seguida, desceu através do bosque até o cais, onde permaneceu por instantes a observar um navio da marinha mercante norte-americana se preparando para deixar o porto de Lanarca. Assim que o navio soltou as amarras e iniciou a manobra em direção à baía, Rimbaud circundou velozmente o morro que encimava o porto até atingir um ponto alto do promontório, de onde se lançou ao oceano, nadando até o casco do navio. Lá chegando, começou a gritar por socorro. Os marinheiros, atraídos por seus berros, içaram-no a bordo. No convés, Rimbaud ofereceu seus serviços ao capitão, que considerou mais sensato agregar um bom marujo francês à sua tripulação do que ter de retornar ao cais.

E assim Arthur Rimbaud chegou à América do Norte, em 15 de agosto de 1880.

29.

A noite esparrama suas últimas luzes sobre os varais dos becos tortuosos de Lisboa. Fernando Pessoa olha para a lua e tropeça de timidez ante o prédio, mas não desiste de caminhar em direção à fachada enegrecida do Hotel L'Europe.

No saguão do velho hotel, Alistério Crowley e sua amante Hanni Jaeger o esperam, afundados nas fétidas poltronas de couro com mais de cem anos de idade.

Fernando Pessoa enviara correções a um mapa astral de Alistério Crowley, que tivera a oportunidade de analisar nas suas *Confessions*, publicadas pela Mandrake Press. Alistério Crowley, interessado pelo profundo conhecimento astrológico demonstrado por Fernando Pessoa, resolvera fazer-lhe uma visita em Portugal, levando em sua companhia Miss Jaeger, maga alemã cuja alcunha era "O Monstro".

Um pouco desapontado com a aparência de burocrata do português, Crowley convida-o a seus aposentos, o que Pessoa aceita, não sem receio. Nesse mesmo instante, Miss Jaeger lança-lhe um olhar com brilho sibilino, deixando-o ainda mais atemorizado com o que poderia ocorrer.

Ao chegarem à suíte, Alistério Crowley despe-se totalmente, enquanto Miss Jaeger recolhe o sobretudo de Fernando Pessoa, fremindo breves espasmos ao riscá-lo com suas unhas. *em muito pouco tempo proibirão a produção de papel, e por que me exponho aqui, por que assim, repentinamente, essa ânsia de revelar tudo a este desconhecido, ah, como me arde o fígado* Fernando Pessoa vê Alistério Crowley com um enorme pentagrama tatuado no torso, o peito nu, doze mamilos, uma argola em cada um deles. Crowley estica em direção a Fernando Pessoa o seu caralho enorme, com argolas dispersas na pouca pele que lhe resta. Na glande do caralho de Alistério Crowley há uma cabeça de cachorro tatuada, e a saída da uretra representa a garganta no centro da boca aberta do cão. Do fundo da bocarra do cachorro tatuado na glande do caralho ereto de Alistério Crowley, Fernando Pessoa ouve um sussurro a lhe dizer, pausadamente, "Entregue-se...".

Fernando Pessoa dependura-se no caralho de Alistério Crowley e balança suas pernas abertas em direção ao corpo de Miss Jaeger, que desliza sua virilha esverdeada em direção a Fernando Pessoa, deixando-se capturar. O anel de membros em contato extremo assemelha-se ao acasalar de serpentes, os músculos que se distendem exalando odores horríveis deslizam feito um ninho de anacondas, e o musgo verde-esmeralda, escorrendo, lubrifica o contato dos nervos em movimento, libertando-os.

Uma luz intensa, um círculo de fogo, surge acima dos corpos transidos, após o ápice.

Depois, Alistério Crowley expõe a Fernando Pessoa com detalhes seus planos para o que ocorrerá no dia 25 de outubro na Boca do Inferno, em Cascais.

28.

Irmã Lúcia está deitada no catre de sua cela na noite de 5 de junho de 1943, quando é acometida por violentas dores lombares. No convento considera-se a possibilidade de que sejam sintomas de uma grave doença. Lúcia seria operada em agosto do ano seguinte, numa clínica em Pontevedra pelo dr. Marescot, discípulo do fisiologista alemão Wilhelm Kuhne, o célebre criador do método de diagnósticos através de cortes da retina.

Nos exaustivos exames anteriores à cirurgia, o dr. Marescot descobriu, fixada pela retina da freira, uma silhueta, identificada como a da Virgem de Fátima. O bispo de Leiria, d. José Alves Correia da Silva, informado sobre o estado de saúde de Lúcia, correu a visitá-la no Convento das Irmãs Dorotianas de Tuy, na Espanha, onde ela se recuperava de sua enfermidade. O bispo de Leiria, nessa ocasião, solicitou a Lúcia que revelasse por escrito o terceiro segredo, ordem atendida entre o dia de Natal de 1943 e 9 de janeiro de 1944, data em que foi postada mensagem ao bispo confirmando a realização de seu desejo.

Enquanto isso, o dr. Marescot, aprofundando a análise dos filmes feitos a partir da retina de Lúcia, nota uma crescente distorção na silhueta da Virgem, que se torna a cada dia menos clara, com manchas ampliando-se em certas extremidades da imagem. O médico, intrigado com a deformação das chapas fotográficas, tenta entrar em contato com o Bispado de Leiria, sem êxito. Após diversas tentativas, descobre que o bispo ruma à Quinta da Formigueira, próxima a Braga, para lá encontrar-se com o bispo titular de Gurza e outros sacerdotes.

No dia 27 de junho de 1944, no mesmo instante em que Lúcia, acompanhada da irmã Doroteia, chega a Valença do Minho para entregar ao arcebispo a cópia com a revelação do terceiro segredo de Fátima, o dr. Marescot nota, através de seu microscópio, que as manchas observadas adquiriram a forma de um rabo e dois chifres, bastante visíveis na silhueta da Santíssima Virgem.

27.

Guilherme Burgos abre o livro sob o sol e os raios incidem sobre suas folhas, trespassando-as. Guilherme Burgos então examina o céu, certificando-se do desaparecimento do Tesseract, e retorna ao volume, onde uma profusão de textos se sucede a cada página numa velocidade estonteante, um *maelström* de linhas e palavras que nunca se repetem, são dísticos e máximas e epígrafes e diálogos e solilóquios e paráfrases surgindo e desaparecendo, o texto vindo e subindo, num manancial de fontes e tipologias definidas pela energia abrasadora do sol.

"Se minha liberdade não está no livro, onde estaria?
Se meu livro não for minha liberdade, o que seria?"

da é verdade, tudo é permitido

"Nada é verdade, tudo é permitido."

"Se minha liberdade não está no livro, onde estarão
Se meu livro não for minha liberdade, o que será?"

verdade não pode ser senão violenta.
Não há verdade apaziguadora.

"A verdade não pode ser senão violenta.
Não há verdade apaziguadora."

Toda violência faz parte do dia

"Toda violência faz parte do dia."

e é o fim do dia, também
a chegando ao seu fina

"Morte, que é o fim do dia, também
é violência chegando ao seu final."

A violência do livro se volta contra o livro: batalha sem piedade
talvez signifique aplicar, na palavra, as fases
inesperadas desse combate, onde Deus, uma insuspeitada
horda de força agressiva, é a estaca não mencionável

involuntário tem sido sem
para nós, o inevitável.

"O *involuntário* tem sido sempre,
para nós, o *inevitável*."

"O amanhã restará sempre aberto ao amanhã;
a verdade, à verdade; o dia, ao dia; a noite, à noite;
a violência, à infinita violência."

Toda **violência** faz parte do dia

Morte, que é o fim do dia, também violência chegando ao seu fim

Nada é verdade, tudo é permitido.

"A violência do livro se volta contra o livro; batalha sem piedade.
Escrever talvez signifique aplicar, na palavra, as fases
inesperadas desse combate, onde Deus, uma insuspeitada
horda de força agressiva, é a estaca não mencionável."

da **violência** faz parte do dia

verdade não pode ser senão v
Não há verdade apaziguado

"Livro, **nome rebelde** do abismo."

"Livro, nome rebelde do abismo."

Guilherme Burgos não se atrevera a abrir as páginas do livro desde sua descoberta nas areias vulcânicas do deserto africano do Gran Erg Ocidental, pois as imagens nos sete selos o aterrorizavam. Algumas delas mostravam o deserto do Gran Erg Ocidental e a mesma pedra na qual Guilherme Burgos sentara, e no deserto havia uma mulher cavalgando uma besta vermelha adornada com peças de um minério desconhecido, brilhante como óleo. *a literatura destrói quem a toca, quem por ela é tocado, câncer introjetado no humano — o universo: uma malha de letras minúsculas, de proporções infinitesimais* A mulher tinha sete cabeças que eram sete montes e sete reis, dos quais cinco já haviam despencado, e ostentava dez chifres sobre a testa, montada sobre uma manta alvejada de pedras e grafada com palavras esquecidas que, à medida que Guilherme Burgos as observava, mudavam-se para outras palavras, as letras deformadas metamorfoseando-se em outras letras. E surgiam imagens diferentes a cada selo, a cada segundo novas figuras, um cavalo branco, um cavalo vermelho, um cavalo preto e a Morte montando um cavalo amarelo, todos os cavalos regidos pelo cordeiro com sete chifres e sete olhos no centro do picadeiro iluminado, ao fundo uma orquestra desafinando qualquer hino, mantra ou som vibrante que movimentasse as inúmeras imagens irrepetidamente surgidas nos sete selos.

26.

Raimundo Roussel deixa a *roulotte* e segue ao encontro do papa Pio XI, que o aguarda no jardim ladeado por tílias e arbustos cuidadosamente aparados. A sombra gigantesca dos pinheiros encurvados projetada no céu lembra mineiros em fila indiana rumo ao trabalho. Assoviando, a ventania atormenta a tarde.

Raimundo Roussel protege o pescoço com a lapela, e observa a carruagem de Sua Santidade, estacionada na entrada principal, surpreendendo-se com os cocheiros, mais parecidos com dois macacos de fraque. Ao perceberem o interesse de seu anfitrião, os criados disfarçam sua natureza símia e providenciam água para os cavalos. Raimundo Roussel, atento, examina os cavalos, de aparência verdadeiramente demoníaca, os pescoços retraídos junto ao peito, com chamas saindo das ventas e do ânus, amainados pelo líquido sorvido sofregamente dos baldes.

Após deixar o pátio, ainda impressionado, Roussel vê o mordomo do palacete a lhe indicar uma entrada, para onde se dirige.

O papa aguarda sentado, de costas, num banco do jardim labiríntico. Ao notar Raimundo Roussel se aproximando, levanta-se e caminha em sua direção. Raimundo Roussel não esconde a surpresa ao ver que Sua Santidade farfalha uma magnífica capa cor-de-rosa, oculto sob uma máscara de folião veneziano.

Convencido de que tudo talvez seja apenas efeito do excesso de barbitúricos, Raimundo Roussel toca na luva rosa de Pio XI, curva-se e pede a sua bênção.

25.

As areias brancas afundam sob os pés de Jaime Hendrix e a lagoa do Abaeté ao fundo reflete os raios do sol.

Torquato Neto eleva entre o rosto de Jaime Hendrix e o sol uma taça de cajuína, manchando de amarelo e magenta a pupila negra de Jaime Hendrix. Os olhos negros do Grande Guitarrista resplandecem de luz amarela e sua cara preta se enruga para absorver a luminosidade intensa da lagoa: um prata só. Torquato Neto passa-lhe a taça e Jaime Hendrix vira de um gole a cajuína, capturando com a língua vermelha gotas perdidas da bebida amarela sobre sua pele negra num grande *chhhhhlap.*

Os cabelos compridos do nosferatu Torquato Neto revoam, acompanhando o esvoaçar de sua capa de vampiro. Uma grande sombra tridimensional se projeta sobre as plumas lilases do Grande Guitarrista, matizando a cabeleira *black power* com fitas multicoloridas que coroa seu corpo exibindo camisa e *saint-tropez* bufantes, como se fosse uma altíssima torre de eletricidade recortada contra a garrafa amarela de cajuína vibrando contra o céu azul, entre o prata da garrafa, a lagoa prateada e a cara quase preta de Torquato Neto observando uma figura desnuda que corta a linha do horizonte e segue em direção aos dois, enquanto aguardam.

Conforme a silhueta cabeluda aproxima-se, Torquato Neto consegue vislumbrar o escritor José Agrippino de Paula, deslizando na areia da duna, envolto numa nuvem de maconha. Jaime Hendrix entorna a garrafa e sua cor negra vai aos poucos se tornando amarela, primeiro a testa amarelece, depois os olhos, daí o nariz, Jaime Hendrix bebendo e amarelando-se, então o pescoço, o tronco, as pernas, o corpo inteiro. Agrippino, acompanhado agora por Maralina Monroe e Zé Di Maggio, põe as mãos em concha sobre a boca e berra "Torquinha!" no tempo em que Jaime Hendrix dá o último gole e o trio, a cajuína, a lagoa e as dunas simplesmente desaparecem.

24.

Na noite francesa além da janela do quarto, a lua parece ter pousado o halo prata sobre a rue Notre Dame-des-Victoires.

Isidoro Ducasse, recebendo o hálito lunar através do reflexo do espelho, abre o livro e tem a impressão de ver a tinta surgir do nada. Linhas formando-se, sendo montadas, como se uma máquina componedora invisível dispusesse os tipos um a um bem ali diante de seu nariz, e as palavras se unissem à revelia de qualquer outra vontade superior.

Isidoro Ducasse leva o livro até o rosto e aspira o cheiro da tinta. *Lucrécio observa a noite estrelada no silêncio do deserto, regula o poderoso telescópio em busca da última estrela, aquela inidentificável, a que ninguém viu, e súbito, lá no início de tudo, uma letra grega: alpha* Passando o dedo, nota que a tinta ainda está molhada. Com um olhar de soslaio ao espelho observa uma mancha negra surgindo na sua face direita. Levanta-se e caminha até o lavatório, mergulhando a cabeça na água. Esfregando o rosto com alguma insistência, consegue remover a mancha e sente-se entorpecido depois de alguns goles de absinto, terminando por adormecer ao lado do livro, inadvertidamente aberto sobre a cama.

Após horas de sono, Isidoro Ducasse desperta com um forte calor a percorrer-lhe o corpo. Aproxima-se da janela, vendo os últimos boêmios em seu arrastar sem fim de cadeiras, vítimas acorrentadas do algoz insone dos cafés. Na penteadeira, reconhece a mancha negra, mais uma vez em sua face direita, agora ainda maior. Sem sucesso nenhum, esfrega com vigor a tinta, e, quanto mais a esfrega, mais ela se alastra. Tomado pelo pânico, Ducasse desequilibra-se e cai por sobre o espelho, ou melhor, *através* do espelho.

É noite desta vez. Isidoro Ducasse está novamente na estação de trens a observar o vagão se distanciando em direção a Bordeaux. Trata-se daquele mesmo dia de maio de 1867 em que descobrira *As Flores do Mal* e há mais alguém na plataforma nessa ocasião. Alguns metros à frente, ele enxerga o vulto imóvel de um homem sob a penumbra da marquise, parecendo observá-lo com igual curiosidade. Caminha para o cavalheiro, reconhecendo nele a silhueta vista sob o lampião a gás a partir da janela da pousada, quando ali estivera na primeira ocasião. O desconhecido abre seu sobretudo, retirando um livro idêntico ao volume roubado no trem. Ao oferecê-lo a Isidoro Ducasse, o homem proferiu as seguintes palavras: "Violamos um livro no sentido de lê-lo, mas oferecêmo-lo fechado", e continuou, "Não se esqueça, há um preço a ser pago por quem violar um livro como este. As flores do mal vicejam onde o esterco é mais verde. Pressione as folhas deste volume com a delicadeza que você desejaria que imprimissem em sua própria pele". Apesar das feições encobertas pela escuridão da noite, Isidoro Ducasse adivinha os traços de Carlos Baudelaire, idênticos aos de uma fotografia feita por Carjat, publicada em algum lugar.

Depois de deixar o livro em suas mãos, o homem desapareceu no ar, restando apenas as roupas vazias no piso da estação.

23.

Arthur Rimbaud atravessa a porta do único hotel de Fort Sumners, seguindo no sentido dos cavalos ao largo da rua principal, suas botas afundando no esterco úmido rumo à calçada do outro lado.

Ao atingir o novo pavimento, continua por mais dois lances de madeira rangente sob os pés, cruza a varanda encoberta por uma água recém-construída do *saloon* vazio e vira-se, entrando num beco, com o recender da madeira nova ainda nas narinas. Depois de cumprimentar dois caubóis vindos do fundo da viela escura, Arthur Rimbaud vacila um pouco, refletindo se deveria realmente prosseguir. Enfia então a mão no bolso de seu casaco puído e apalpa uma pequena caixa de madeira, como para obter algum ânimo, terminando por se decidir, desviando-se das poças de lama que a chuva que caíra durante o dia deixou para trás.

Diante da entrada da lavanderia chinesa, Arthur Rimbaud argumenta algo inaudível com as estrelas e entra no estabelecimento.

Na portaria, uma jovem o recebe com sorrisos e delicadas mesuras, guiando-o aos fundos do prédio. Arthur Rimbaud segue a prostituta oriental e capta no corredor estreito o cheiro de ópio, com seu olfato treinado pelos *bas fonds* de Paris. Nos fundos, numa espécie de casa de banhos clandestina, os dois pistoleiros vistos por Arthur Rimbaud no assalto ao armazém na tarde daquele mesmo dia divertem-se ruidosamente na companhia de outros homens. Os pistoleiros são servidos por chinesas seminuas, enquanto o rapaz identificado por Arthur Rimbaud como sendo Gui-O-Guri narra uma aventura fantasiosa às gargalhadas.

Evitando interromper a fala de Gui-O-Guri, Arthur Rimbaud se coloca debaixo de uma lanterna chinesa e, acentuando o ar dramático que as luzes vermelhas lhe concedem, apresenta-se como um marinheiro francês em passagem por Fort Sumners, pedindo para usufruir de sua companhia. Gui-O-Guri e seus asseclas, desconfiados por causa da caçada obsessiva promovida por Patrício Garret nos últimos meses, agem com condescendência e, estimulados pelo uísque, acabam permitindo ao francês que os acompanhe. Em troca, exigem que Arthur Rimbaud surpreenda-os com um atrativo inusitado.

O estrangeiro, assentindo, retira do bolso de seu casaco a pequena caixa de madeira, abrindo-a com a destreza de um prestidigitador, e sussurra a Gui-O-Guri, perguntando-lhe se ele não gostaria de conhecer os sonhos mágicos que o haxixe provoca.

22.

Cumprimentando Fernando Pessoa com um sinal esotérico feito com o *digitus infamis* da mão direita em riste, Alistério Crowley desce das nuvens e toca o solo do penhasco à beira do abismo.

Fernando Pessoa passa sua garrafa de aguardente à Besta do Apocalipse, que entorna o conteúdo de um único gole, soltando um arroto longuíssimo às vagas no fundo do precipício, assustando as gaivotas, únicos seres a habitarem a paisagem desolada da Boca do Inferno. Crowley vira-se para Fernando Pessoa e sorri, soltando ainda repetidos pequenos arrotos de durações irregulares e uma fumaça preta pelos cantos da boca, até cessarem os ruídos e restar apenas o barulho do mar.

Fernando Pessoa, emergindo de seu mutismo alcoólico, balbucia interrogações para Alistério Crowley, inquirindo se ele realmente considera que aquilo tudo poderia dar certo. Crowley, com uma expressão de enfado diante da insegurança do astrólogo português, assegura: "Meu caro, minha estratégia simplesmente *tem* de dar certo, e não se preocupe, a justiça portuguesa não o incomodará somente para solucionar esse mistério insignificante. Bem, talvez os repórteres dos semanários sensacionalistas o perturbem por uns dias, até a notícia esfriar. Em compensação, a justiça britânica me deixará em paz por muito tempo, realmente acreditando que me suicidei, saltando para o mar daqui destas pedras". Então abriu o sobretudo de couro negro e enfiou a mão num dos bolsos internos, retirando de lá uma cigarreira de prata, que entrega a Fernando Pessoa: "Diga-lhes que, ao atender a um chamado para vir ter comigo aqui na Boca do Inferno, encontraste apenas esta cigarreira jogada ao chão, sem quaisquer outros sinais de minha presença. Afirme-lhes ter absoluta convicção de que a cigarreira me pertencia, pois a vira em meu poder, em nosso encontro no Hotel L'Europe".

Fernando Pessoa manuseou a cigarreira, observando os desenhos em relevo sobre a tampa. *somente a literatura, o alicerce de tudo, não a pedra, não o ferro, as letras desencadeando-se, estrutura de sílabas* Emoldurada por iluminuras que lembram espinhos, a imagem de uma sarça ardente circundada por três crianças de joelhos ocupava o centro do objeto. Havia uma cabeça de demônio em cada um dos quatro cantos e as iniciais de Alistério Crowley em alto-relevo. Quando Fernando Pessoa fez menção de abrir a cigarreira, foi impedido. "Não. Deixe-me saltar, siga para sua casa e a abra somente lá", dizendo isso, Crowley enlaçou Pessoa pelo torso, deu-lhe um longo beijo no bigodinho aflito e pulou para o abismo, desaparecendo nas águas revoltas.

21.

No mês seguinte, Lúcia resolveu não ir à Cova da Iria. Chamou os primos e lhes disse que não os acompanharia.

— Nós vamos, sim! Aquela Senhora nos mandou que fôssemos. Falo eu com Ela.

Entristecendo-se por Lúcia não ir, Jacinta começa a chorar.

— Por que choras?

— Porque tu não queres ir.

— Não, não vou. Olha, se a Senhora perguntar por mim, dize-lhe que não vou porque tenho medo que seja o demônio.

A Senhora que vinha surgindo nos arredores de Fátima marcara para o dia 17 de outubro de 1917 sua última aparição, na qual revelaria o terceiro segredo aos pastores.

As mães de Lúcia, Jacinta e Francisco acompanharam suas crianças até a encosta da Cova da Iria e lá ficaram esperando. Uma multidão de mais de setenta mil pessoas, entre curiosos e fiéis, as acompanhavam, aguardando nervosamente, enquanto os pequenos desciam em busca do local onde a Senhora apareceria. A paisagem da região, em geral de um verde exuberante, tinha um tom vermelho-ocre naquela manhã.

Foi quando a carroça vinda do nada surgiu em meio à multidão, conduzida por um bufão mascarado trajando uma ceroula vermelha de diabo risonho.

O personagem inesperado apeou e iniciou a montagem de um pequeno palco sobre a carroça, atraindo a atenção das pessoas, que aos poucos foram se aproximando. O diabo risonho dispôs então uma multidão de bonecos em torno do cenário repleto de árvores. De dentro de uma caixa, tirou três bonecos que colocou defronte a um arbusto em chamas. *depois palavra se unindo a outra palavra para formar frase que se une a outra frase, daí o parágrafo, então a página, depois o livro, dentro do livro, aí, sim, a pedra, o ferro, a água, a carne e o cosmo* Feito isso, o diabo vermelho desapareceu por trás do cenário e começou a manipular as marionetes.

A boneca menor ficou de pé e disse: "Não estou vendo nada. Será que a linda Senhora não aparecerá hoje?", ao que o boneco respondeu, sacudindo o corpo: "De jeito nenhum! Se disse que viria, ela aparecerá. Eu confio nela!". A boneca maior, calada até então, levanta-se, cruza os braços e abaixa a cabeça, ruminando como que para si própria: "A Senhora disse que hoje nos mostraria o Inferno. Estou com medo. Por que será que ela quer nos mostrar o Inferno, e não o Céu? Eu gostaria de ver o Céu". Nesse instante um burburinho perpassou a multidão, que a essa altura questionava a petulância do bufão vestido de diabo risonho, ao manipular bonecos parodiando aquele dia santo. O boneco, sacudindo-se todo e quase alçando voo, disse então: "Ouçam! Ouçam! Estão ouvindo o ribombar dos trovões? Deve ser a Senhora que se aproxima!", e a boneca maior: "Será? Será que é ela mesmo?", ao que a boneca pequena, assustada, gritou: "Ai, Lúcia, você está me assustando!". Os três bonecos rodopiavam alucinados em torno do pequeno cenário, e os outros bonecos representando a multidão também se mexiam, movidos por enorme inquietação que chegava a agitar a carroça. A azinheira no centro da cena começou a inflamar-se, ganhando tons de um laranja cada vez mais vermelho, até ocorrer uma explosão de luzes de um azul quase palpável, de tão frio, e a Senhora surgiu, no centro de um enorme cubo que girava com suas arestas iluminadas.

A aglomeração emitiu um murmúrio uníssono de espanto, impressionada com a qualidade pirotécnica do espetáculo, e a boneca moveu sua mão, cumprimentando Lúcia, Jacinta e Francisco: "Meus filhos, não se assustem. Hoje lhes mostrarei o Inferno. O Inferno é o futuro, e o futuro é um lugar escuro, enegrecido pela ausência de conhecimento e espiritualidade. O Inferno é um mundo sem livros".

Um grito levantou-se da multidão que assistia à encenação: "Como é possível a esse saltimbanco manipular tantos bonecos ao mesmo tempo? Há alguma coisa errada com essa carroça!".

E o homem que se pronunciou deu um passo e as pessoas o acompanharam. Na mesma hora, o cenário e a carroça, como se pertencessem a um sonho coletivo sonhado de olhos abertos, evolaram-se no ar sem deixar vestígio nenhum.

GUILHERME BURGOS COMUNICATIONS

Sr. Daniel S. Goldin
Administrador
National Aeronautics and Space Administration
Main Street 48th
Pasadena California 5002

P.O. BOX 147
Lawrence, Kansas 66044
Telephone 913-841-3905

Lawrence, 2 de agosto de 1997

Prezado Senhor,

No dia de hoje fui submetido a uma experiência incrível e este evento é o motivo do espanto que lhe manifestarei.

Estava no quintal de minha casa, quando um objeto incomum surgiu no céu. No momento da visão (um gigantesco cubo feito de luz, com arestas e vértices iluminados), manipulava um estranho livro, por mim encontrado três décadas atrás no deserto do Gran Erg Ocidental, na fronteira do Marrocos com a Etiópia. Esse livro, tão improvável e perfeito quanto o cubo de luz que pairava sobre minha cabeça (um tanto avariada pelo cumulativo abuso de drogas — e pela idade —, o senhor deve imaginar a esta altura), nunca havia sido aberto, pois por ele desenvolvi tamanho terror que acabei encerrando-o por três décadas num baú. Porém na madrugada de ontem acordei com a sensação que deveria abri-lo, e assim o fiz, receando não haver mais tempo para isso.

O livro a que me refiro (meu secretário Jaime Grauerholz se encarregará de transportá-lo até Pasadena, para deixá-lo aos seus cuidados), a ser estudado pelos cientistas sob seu comando na NASA, é um completo mistério e, como tal, não desfilarei conjecturas absurdas a seu respeito, preferindo contar com a análise mais capacitada e insuspeita que os senhores certamente poderão fazer.

Minhas preocupações imediatas resumem-se a saber se a NASA (ou qualquer outra entidade ligada à defesa do espaço aéreo norte-americano) hoje desenvolveu quaisquer atividades próximas a Lawrence e região. É o necessário para relacionar o surgimento do cubo de luz com o fato de eu ter aberto as páginas do livro, e asseguro-lhe, caso isso seja confirmado, será o suficiente para que parta desta para melhor com a mais completa certeza da presença do Algo Inesperado, da Coisa Inominada, que sem dúvida estará me aguardando em algum lugar além deste mero ponto de partida que preferimos chamar vida, já um tanto entediante para mim, o senhor há de compreender, depois de tantas (e das mais assombrosas) experiências a que submeti carcaça & mente por estes anos todos.

Sinceramente seu,

William S. Burroughs

20.

O velho escritor Guilherme Burgos acordou antes do raiar do dia 2 de agosto de 1997. Depois de perambular pela casa, ainda entorpecido pelas sobras de sonhos estranhos que o assolaram durante a noite, culminou na cozinha, onde titubeou por um instante, para logo servir-se de uma dose de vodca com Coca-Cola.

A noite havia sido atribulada e Burgos conseguira dormir muito superficialmente, apenas nos intervalos fugazes entre um pesadelo e outro. Depois de um hiato de anos de esquecimento, as imagens do livro que encontrara no deserto marroquino do Gran Erg Ocidental irromperam em sua memória, arrancando-o da cama.

Como de hábito fazia pela manhã, Guilherme Burgos sacou sua Winchester automática e lançou-se ao quintal para caçar cascavéis. As colinas crestadas pelo sol que circundam sua casa eram habitadas por víboras e a diversão predileta de Guilherme Burgos sempre foi zanzar pelos descampados, batendo nas moitas para ver o que delas arrancava. Invariavelmente os ares da vizinhança estremeciam com os balaços distribuídos e, quando um determinado dia se mostrava frutífero para a colheita de cobras, sua silhueta encarquilhada de rifle em punho podia ser vista no horizonte, recortada contra o céu, desde o começo da manhã até o crepúsculo.

Durante as primeiras horas do dia, Guilherme Burgos balançou as moitas, delas extraindo apenas gotas do orvalho da noite passada. Continuou caçando, enquanto se dissipava a neblina da aurora e as trilhas entre as cercas se tornavam mais visíveis.

E assim foi, até que o sol se firmou, permitindo que enxergasse mais adiante. Então Burgos pôde observar a distância uma série de marcas deixadas pelas cascavéis, riscos em todas as direções possíveis, como se uma enorme debandada de víboras tivesse ocorrido na região. Ao aproximar-se do areal onde as marcas estavam mais visíveis, Guilherme Burgos ali quedou, estarrecido. As marcas deixadas pelas cascavéis na areia eram letras, palavras, frases inteiras em aramaico e grego, idênticas às vistas por ele nos sete selos da capa do livro encontrado no deserto e escondido num baú nos fundos de sua biblioteca por trinta anos.

Depois de espreitar as nuvens negras que obstruíam o sol, Guilherme Burgos não vislumbrou outra saída, senão superar o medo e abrir outra vez aquele livro temível.

19.

A figura mascarada do papa estava imóvel ao lado da banheira de bronze da *roulotte*. Ao seu redor, a fumaça dos sais inundava o quarto de banhos, derramando seus odores. Sua Santidade soltou os lacinhos de renda rosa que prendiam a capa e a despiu, depositando-a na penteadeira ao lado.

Raimundo Roussel, surpreso com o súbito desprendimento do Santo Padre, virou-se para o lado oposto à banheira, evitando assim constrangê-lo. E, por instantes, chegou a imaginar que não deveria, afinal, surpreender-se com aquilo tudo, já que a forma de tratamento "Sua Santidade" era, sem dúvida nenhuma, uma forma bastante feminina. Enquanto perdia-se em meio a tais pensamentos absurdos, acabou por espiar as nádegas de Pio XI refletidas no espelho da penteadeira. Admirou-as, supondo que, muito provavelmente, Sua Santidade deveria ser adepto do ciclismo ou outro tipo de atividade atlética, dados os contornos nada flácidos exibidos pelo supremo poder do Vaticano em seu *derriére. alguém precisa ser detentor do segredo, só pode ser essa a razão, não posso mais preservar o mistério, um outro motivo, quem sabe, minha língua grande, a cachaça, tudo junto e o desvelamento de um enigma* O papa virou-se, e não conteve sua admiração pela engenhosidade utilizada na construção daquele automóvel: "À parte a astúcia mecânica, que é irrefutável, o bom gosto na decoração e nos móveis denotam a presença de uma mão feminina, meu caro, ou teria sido apenas o senhor a conceber tão esplêndidos ambientes?". Raimundo Roussel, um tanto absorto, respondeu-lhe que sua mãe o ajudara na tarefa, e lançou um olhar às coxas depiladas de Sua Santidade, apreciando a qualidade da *lingerie* que ele, ou ela, usava. O Santíssimo Padre Pio XI, meneando com precisão a isca lançada ao seu anfitrião, retirou uma espécie de sutiã que envolvia suas tetas volumosas e, sem mais delongas, mergulhou na espuma da banheira, deixando apenas sua monumental barriga à altura da superfície, cabeçorra de um cachalote esguichando água no início de uma dança do acasalamento.

Admirando a cena, Raimundo Roussel percebeu que estava de pau duro.

18.

Torquato Neto e Jaime Hendrix estão no quartinho enfumaçado, uma poça de vômito amarelo logo à frente do Grande Guitarrista prostrado fede a cajuína azeda, enquanto Torquato Neto observa um anel em forma de serpente enrodilhada no dedo anular esquerdo de Jaime Hendrix, concluindo que é idêntico ao que ele mesmo usa há bastante tempo. *o fim da íntima relação entre duas pessoas presente nas páginas de um livro, esse objeto que resume o milênio e o ser humano* Impressionado pela coincidência, Torquato Neto examina os detalhes dos dois anéis, comparando a cor do metal azulado de ambos. O Grande Guitarrista, recompondo-se, levanta e caminha até uma pilha de discos num canto do quarto. De lá, Jaime Hendrix retira um LP que Torquato Neto logo reconhece, o *Álbum branco* dos Beatles. Jaime Hendrix dispõe o vinil sobre o prato da vitrola e, aos primeiros ruídos de *Revolution 9*, a trupe de *hippies* piolhentos invade o pequeno quarto, jogando suas cabeleiras para o alto e movendo-se com uma lentidão próxima à inércia, os lábios azuis emitindo murmúrios trêmulos, submergidos pelo som que inunda o ambiente. Os pés descalços dos cabeludos pisoteiam a poça de vômito, no tempo em que Jaime Hendrix joga-se displicentemente sobre o almofadão, despachando seu olhar desolado janela afora. Torquato enxerga o reflexo de sua cara na capa do *Álbum branco*, e esquinas da Lapa, o feltro de lã verde de mesas de sinuca e uma bola oito negra perpassam o miolo dos seus pensamentos. Quando o nariz toca a embalagem branca do disco, Torquato Neto vê a expressão transformada de um vampiro, os olhos saltados exorbitam, vermelhos, e sua cabeleira negra contrasta com a pele alvacenta, quase translúcida. Num gesto, o poeta joga o espelho improvisado ao chão. Ao observar em torno, descobre que os dançarinos haviam desaparecido e o Grande Guitarrista está em pé na janela, olhando o caudaloso rio de estrelas que flutua no céu iluminado. As caixas de som começam a emitir sutis microfonias num crescendo até Jaime Hendrix mover-se, fazendo crer a Torquato Neto que ele reconhecera a melodia de *Helter Skelter*, a canção maldita dos Beatles que incitara a seita liderada por Charles Manson ao massacre na mansão da atriz Sharon Tate, em 1969. Então, Jaime Hendrix abandonou a janela e se aproximou da vitrola. Colocando suas mãos sobre o vinil de onde surgiam aqueles sons estranhos, girou vigorosamente o disco ao contrário sobre o prato. E o que se deu, inicialmente uma sequência ensurdecedora de ruídos estridentes e arranhões, resultou numa sinfonia de vozes que aos poucos ergueu-se de sua prisão no vinil negro, em frases esparsas, ininteligíveis. Torquato Neto surpreendeu-se com a experiência insólita executada pelo Grande Guitarrista e pôs-se a ouvir os ruídos. A cada movimento brusco do *scratch avant la lèttre* executado por Jaime Hendrix, surgiam novas palavras proferidas numa mistura babélica de línguas antigas. Dentre elas, Torquato Neto conseguiu apreender a sequência *abyssus abyssum invocat*, o abismo invoca o abismo, trecho de um salmo de Davi reconhecido das antigas missas em Teresina. Então Jaime Hendrix, excitado com o resultado, arranhou seu anel na superfície do vinil.

E se ouviu claramente uma voz atordoante exclamar repetidas vezes: "Aproximem seus anéis, aproximem seus anéis, aproximem seus anéis", com um timbre anasalado que assemelhava-se ao de Mick Jagger em *Simpathy for the Devil*.

14 | 10

onde, em mim, a morte de jaime hendrix repercutiu com mais violência? há mais de um ano, em londres, eu havia dito com absoluta certeza: ele vai morrer. onde, em jaime hendrix, eu vi o espectro da morte? eu havia estado com ele, carlo e noel — mais uns três sujeitos — naquele enorme apartamento de kensington e quase não falamos nada durante o tempo todo em que fumamos haxixe e escutamos aquele álbum branco dos beatles e mais alguns discos que não me lembro — nem poderia lembrar. por que é que eu não sei, mesmo agora, escrever qualquer coisa a mais sobre hendrix, a não ser que, naquele dia, conferi a perfeita extensão de sua música em sua cara — obedecendo à ordem com que as duas coisas foram apresentadas? eu sei que não posso escrever jamais qualquer coisa sobre esse encontro, sobre a tremenda curtição daquela noite, etc., etc., etc. agora que o homem está morto, menos ainda.

(...) a gente sabe que toda morte nos comunica uma sensação de alívio*, de descanso. não existe, pra mim, a menor "diferença" entre o hendrix que eu ouvia antes e o que posso ouvir depois, agora, de sua morte. ele sempre foi claro demais, limpo, preto. eu disse: o homem vai morrer, e não demora mais dois anos. (...)*

(...) Eu ouvia os discos, sabia o homem — e, por cima, ainda o conheci pessoalmente e juntos, numa noite gelada de londres, curtimos o barato de queimar haxixe e escutar os beatles, com carlo, noel e mais uma multidão que estava lá, crioulos e hippies*. torno a perguntar: onde? onde, em mim? jaime era "o homem que vai morrer", mas não havia datas em sua vida. por que, então, uma* data *de jornal ainda me espanta e fere? eu não sei. (não posso nem quero explicar porque eu, e muita gente mais, sabia de tudo desde muito tempo. posso, com simplicidade, dizer apenas que eu sabia ler a sua música).*

17.

No dia 23 de novembro de 1870 toda a pele de Isidoro Ducasse já estava encoberta por manchas negras e o fétido odor que dela exalava remetia ao de insumos químicos utilizados na limpeza de máquinas impressoras tipográficas.

O movimento na rue Faubourg Montmartre, para onde ele se havia mudado, era intenso. A Isidoro Ducasse, que fazia dias sofria com uma febre alta, a multidão de transeuntes agitando-se sobre o calçamento se assemelhava a uma serpente acéfala. O réptil enorme rastejava pelos becos da outrora Cidade das Luzes, a essa altura subjugada pela escuridão resultante do racionamento de gás, parte dos esforços da guerra contra a Prússia. Isidoro Ducasse não comia nem dormia, mergulhado numa atividade frenética semanas a fio, escrevendo sobre qualquer superfície que lhe parecesse aderente, deixando manuscritas frases em línguas irreconhecíveis nas paredes, nos biombos de tecido, na louça das pias e bacias, nos espelhos, cristais e garrafas que encontrava jogados pelo cômodo.

Em uma ocasião, ao revolver o último dos baús trazidos de Montevidéu ainda intacto, encontrou um maço de folhas em branco, passando a escrever nelas. *sim, o fim de tudo, de todas as formas da crença, dos segredos da linguagem, das fórmulas da Ars*

Magna Após acomodar-se em sua escrivaninha e apoiar o antebraço sobre uma das folhas para alcançar o tinteiro, Isidoro Ducasse notou que as manchas negras em sua pele soltavam uma espécie de tinta, deixando estampados textos legíveis sobre o papel. A primeira oração surgida sobre a folha, *"Tomou a Besta consigo Lúcia, Jacinta e seu primo Francisco e levou-os a um alto monte, e transfigurou-se na frente deles. E seu rosto ficou refulgente como o sol e as suas vestiduras tornaram-se brancas como a neve"*, deixou-o estupefato e, tomado pelo delírio, passou a imprimir as manchas de sua epiderme num ritmo febril, produzindo páginas e páginas de textos em aramaico, hebraico, grego e latim. E quanto mais pressionava partes de seu corpo sobre as folhas, mais nódoas negras multiplicavam-se por sua pele, atingindo a manhã de 24 de novembro totalmente recoberto, da ponta dos dedos dos pés à parte branca de seu globo ocular. Tornara-se um homem negro, de uma escuridão aparentada com o férreo e o ferruginoso, notando-se em suas articulações um aspecto de metal escuro, o joelho tornado uma espécie de esquadria de ferro. Conforme passavam as primeiras horas da manhã, a flexibilidade necessária a Isidoro Ducasse para imprimir-se sobre o papel com as partes mais recônditas do corpo tornou-se mais e mais restrita, até que ele enrijeceu de vez.

Do seu lado direito havia sete estrelas, de sua boca saiu um feixe de tipos, como se ela fosse uma máquina componedora, e seu rosto era como o sol em toda a sua virtude.

16.

Gui-O-Guri, atraído pela bola verde escura dentro da caixa de madeira, aproxima-se de Arthur Rimbaud, que a levanta à altura dos olhos do pistoleiro. Arthur Rimbaud retira uma agulha da lapela de seu casaco, perfura a bola oleosa e começa a puxá-la e repuxá-la, formando aos poucos uma pequena bolinha semelhante à cabeça de um palito de fósforo. Depois, pega uma banqueta de madeira e a põe no centro da sala, espetando a ponta da agulha em seu assento, acendendo a cabecinha preta de haxixe e colocando um copo sobre a agulha. O recipiente emborcado enche-se de uma fumaça viscosa, enquanto Gui-O-Guri e seus homens veem Arthur Rimbaud agachar-se, virá-lo e tragar a fumaça. Arthur Rimbaud levanta-se, espera a fumaça novamente encher o copo e oferece-o a Gui-O-Guri, que imita o francês. Assim inicia-se a cerimônia, com os homens alternando-se em tragar nuvens de fumaça escura, comemorando a chegada dos efeitos entorpecentes entre gargalhadas e abraços entusiasmados em Arthur Rimbaud, o qual, dada a eficácia do artifício, acaba por cair nas boas graças do grupo. A cena o remete a alguns ritos tribais, os pistoleiros mexicanos transformados em guerreiros africanos pela sua imaginação, dançando no meio da noite americana, soltando seus berros para o breu da noite lá fora.

Aproximando-se, Gui-O-Guri pede ao francês que se reúna a eles num assalto a rancho na divisa com o Texas dali a alguns dias. Arthur Rimbaud, satisfeito, concorda, e Gui-O-Guri pergunta a Arthur Rimbaud se ele tem mais daquele haxixe. Rimbaud responde que sim, acrescentando conhecer um marujo do *Amanite Vireuse*, navio ancorado no cais de Galveston, cuja missão terrena era ter sempre algum haxixe para negociar. Gui-O-Guri decide então passar por Galveston depois do assalto para procurar pelo tal marinheiro.

15.

Os jornalistas cercavam ansiosos a fachada da velha central de polícia do centro de Lisboa. Fernando Pessoa escapuliu apressado do carro freado bruscamente perante os fotógrafos e subiu as escadarias, um tanto surpreso com o princípio de balbúrdia devido a sua chegada. Ao ultrapassar o batente teve a impressão de ver os olhos viperinos de Miss Jaeger em meio ao espocar de *flashes* dos repórteres. *como refrear este fluxo de revelações, como deixar de dizer o indizível, o que já não pode ser dito, e quem é este que me ouve, quem é você que me lê, quem?* Com os olhos ainda ofuscados pelas luzes, Fernando Pessoa foi conduzido por um policial através do labirinto de lambris e portas do interior do prédio.

Na frente do comissário de polícia e do escrivão, Pessoa repassou nos mínimos detalhes a história que Alistério Crowley havia criado, contando como chegara à Boca do Inferno para encontrar apenas a cigarreira junto às pedras e nenhum outro sinal do mago que, segundo tudo indicava, desaparecera no ar, quem sabe utilizando-se de seus alardeados poderes mágicos, argumentou. O comissário, depois de exibir um olhar desconfiado ao longo de todo o depoimento, indagou, como Alistério Crowley previra, se o senhor Pessoa certificava-se de que aquela cigarreira havia pertencido ao mago inglês. Peremptório, Fernando Pessoa reportou o primeiro encontro, dias antes de atender ao chamado de Alistério Crowley para comparecer à Boca do Inferno, onde teve a oportunidade de observar o objeto nas mãos do próprio mago. Nesse instante, o comissário solicitou ao escrivão que trouxesse a cigarreira para o senhor Pessoa, ordem prontamente atendida pelo funcionário, que aproximou-se com um envelope de papel pardo, de onde o comissário retirou o objeto. O metal da tampa niquelada adquirira tons acinzentados e não parecia ser a mesma cigarreira recebida por Fernando Pessoa das mãos de Alistério Crowley à beira do despenhadeiro. As imagens haviam mudado de posição, restando apenas a figura de uma mulher amarrada a uma cama em chamas. As pequenas cabeças de demônio que antes circundavam as iluminuras deram lugar a estampas de quatro pequenos livros em alto-relevo, com suas páginas abertas, envoltas em brasa. Sob o olhar vigilante do comissário, Fernando Pessoa afastou-se da mesa, ajeitando os óculos, e confirmou ter sido aquele o objeto que encontrara na Boca do Inferno. O comissário tomou a cigarreira, tentando abri-la repetidas vezes, sem sucesso. Pouco confortável com o empecilho inesperado, terminou por atirá-la sobre sua escrivaninha, "Parece que o bruxo misterioso lançou algum sortilégio nesta merda, aliás, essa história obscura me parece uma absoluta perda de tempo, afinal, não temos um corpo, portanto, não temos um caso". Fernando Pessoa, concluindo que o inquérito chegara ao fim, requisitou ao policial a guarda do objeto.

Depois de fornecer um pouco mais de lenha verde ao fogo dos repórteres que aguardavam defronte à delegacia, a administrar o lento escorrer de sua ancestral baba de hienas, Fernando Pessoa desapareceu em meio à neblina, rumo à Baixa, no encalço de uma aguardente para sossegar-lhe os ânimos, a cigarreira quieta no bolso do paletó, a cabeça num reboliço enorme explodindo de mistificações sobre o ocorrido.

14.

No dia 6 de agosto de 1944, o dr. Marescot entrou na sala de cirurgia bastante cético quanto aos resultados da operação a que irmã Lúcia se submeteria.

Entre junho de 1943 e agosto do ano seguinte, a doença de Lúcia agravara-se, causando comoção entre os altos membros da Igreja, que incontinenti ordenaram sua internação.

Na clínica Marescot em Pontevedra, o famoso cirurgião vinha acompanhando assombrado as metamorfoses nas imagens captadas das retinas de Lúcia. No início, a silhueta da Virgem na retina do olho esquerdo foi aos poucos sofrendo distorções, até transformar-se na imagem de um demônio. Depois, diversas outras apareceram e sumiram no olho direito de Lúcia. Como eram transitórios e duravam no máximo uma semana, o dr. Marescot suspeitou que tais sinais formassem uma espécie de mensagem sequencial, como em um filme.

Após a cirurgia visando a recuperar a movimentação dos membros inferiores da paciente, paralisados desde o início do fenômeno, o cientista dispôs as chapas na ordem exata em que haviam surgido numa ampla mesa de luz em seu laboratório. A primeira imagem a aparecer fora a de um livro com as páginas fechadas. Na segunda, sete manchas se tornaram identificáveis na capa do livro, mas eram bastante obscuras, pequenos borrões disformes. Então as imagens de livros se tornaram recorrentes. Num dia, surgiam como páginas abertas e nenhuma palavra ou texto impresso, em outro, suas páginas apareciam preenchidas por linhas incompreensíveis. O receio de ter seu prestígio vilipendiado, sendo acusado de mero mistificador, forçosamente fez com que o dr. Marescot omitisse os efeitos colaterais que colocavam a freira à prova.

No sétimo dia de internação em Pontevedra, a silhueta diabólica desapareceu da retina esquerda, dando lugar à imagem de um livro em chamas. Lúcia então foi acometida por violentas convulsões, que apavoraram os funcionários da clínica. Seus olhos pareciam em brasa, e a sua luz intensa excedia os limites do quarto mesmo durante o dia, quando projetavam no teto imagens de labaredas consumindo o livro.

Enquanto observava a luz vermelha bruxuleando nos corredores da clínica, vinda do quarto de sua paciente, o dr. Marescot estabelecia possíveis relações entre aquelas projeções e o terceiro segredo de Fátima, revelado pela irmã Lúcia através de carta lacrada entregue ao bispo de Gurza, em junho daquele mesmo ano de 1944. Depois de novamente estudar as chapas fotográficas, o dr. Marescot assustou-se com as luzes no corredor, que lhe pareceram muito mais intensas do que antes.

Foi quando um enfermeiro apareceu, informando que a biblioteca de Pontevedra estava em chamas.

13.

No início da tarde de 2 de agosto de 1997, após subir as escadas para o sótão de sua casa com rapidez bastante desaconselhável para um homem de sua idade, Guilherme Burgos não precisou acender as luzes, pois o cômodo que abrigava sua biblioteca estava totalmente iluminado.

Guilherme Burgos estacou diante da mala, hesitante, e agachou-se para abri-la. Ao levantar a tampa, retrocedeu, horrorizado com a visão infernal de seu interior. Com a mão direita, Guilherme Burgos alcançou a Winchester deixada no chão, aproximando-se, cauteloso, da tampa aberta. O livro estava no centro do baú e ao seu redor havia centenas de cascavéis enrodilhadas. O ruído dos guizos elevou-se, ensurdecedor, e Burgos afinal compreendeu por que não encontrara nenhuma víbora em sua caçada. Aguardou para ver se as cascavéis sairiam do baú, o que não aconteceu. Então, reaproximando-se, se concentrou naquela imagem, como se dela procurasse extrair subsídios para a compreensão inesperada do significado daquilo tudo. *lá fora, na escuridão, sob a chuva, me observando, não diria das noites em claro dos cabalistas, dos dedos envoltos em ataduras dos escribas, do sangue dos escritores suicidas, dos tipógrafos adoecidos pela tinta, de sua visão enfraquecida, leitor?* Examinou cobra por cobra e daí pôde enxergar que na textura simétrica do couro das cascavéis surgiam outras palavras, como ocorrido no areal próximo à sua casa. Textos minúsculos dispostos em cada escama, letras incrustadas no couro dos répteis.

Mas desta vez as palavras eram compreensíveis, e diziam coisas aterradoras.

No tempo em que Guilherme Burgos jazia como que mesmerizado, surgiu do meio do novelo de serpentes uma bem maior do que todas, com o corpo distendido para fora dos limites do baú, exclamando: "Conheço os teus livros e sei que não são frios ou quentes. Tomara que fossem frios ou quentes. Sendo assim, porque és morno, e não és quente nem frio, vomitarei, de minha boca, sobre ti". Ao dizer isso, a enorme cascavel soltou um jato de vômito sobre Guilherme Burgos. Enojado pelo líquido viscoso e fétido que lhe cobria o corpo e as roupas, Guilherme Burgos cambaleou, proferindo sons guturais, até cair ao chão.

Quando atingiu o assoalho, no entanto, suas roupas estavam secas. Levantou-se e caminhou até o baú.

Lá chegando, não havia mais cascavel nenhuma, apenas o livro, intacto, com seus sete selos em constante estado de mutação.

12.

"Ne t'inquiète pas", murmurou Raimundo Roussel no ouvido de Carlota Dufrène, "agora as coisas restarão em seu devido lugar." E expirou.

A tarde do dia 14 de julho de 1933 seguia ensolarada na cidade de Palermo, enquanto Carlota Dufrène, a amante de Raimundo Roussel, com aparência desolada, chegava ao vestíbulo da suíte do Grande Albergo delle Palme onde ela e seu acompanhante hospedavam-se até então.

Na presença do psiquiatra dr. Pedro Janet e de amigos sicilianos que já aguardavam por notícias trágicas, Carlota Dufrène anunciou o passamento de Raimundo Roussel. As lamúrias de imediato se desprenderam das laringes dos presentes para envolver toda a cena com os cetins negros da morte siciliana, a amistosa reunião que se desenrolava subitamente redecorada em funeral.

Carlota Dufrène confortou os presentes, narrando-lhes as condições tranquilas em que o falecimento ocorrera, para despachá-los em seguida, restando sozinha na companhia do dr. Janet, testemunha da psicastenia brutal que acometera Raimundo Roussel, além de responsável por tê-lo tratado nas numerosas desintoxicações a que este se submetera nos últimos anos de vida.

Sentados frente a frente nas poltronas da sala, onde o único som a preencher o espaço entre seus joelhos era o farfalhar das pesadas cortinas indo e vindo nas sacadas, movimentadas pelo vento mediterrâneo, Carlota Dufrène e o médico permaneciam num profundo e cerimonioso silêncio, logo quebrado por ela: "Creia-me, meu caro doutor Janet, estou abismada com as confissões que Roussel fez-me momentos antes de falecer", parando para respirar, e continuando, "Já não consigo avaliar se essas confissões têm alguma relação com a verdade ou se ele apenas troçava de mim, como sempre, aliás. Talvez o senhor possa me ajudar a esclarecer tudo. Diga-me, nas sessões realizadas em sua clínica, alguma vez ele se referiu ao encontro que teve com o papa Pio xi, em 1926?"

O dr. Pedro Janet, supondo o que estaria por vir, responde que lembrava-se, sim, de uma carta enviada por Raimundo Roussel tratando do assunto, mas confessa não ter lhe dado crédito, pois havia sido escrita num período no qual seu paciente vinha tendo delírios frequentes devidos ao excesso de barbitúricos, e ele concluíra, dada a natureza fantasiosa do texto, que aquela não passava de mais uma dentre suas tantas histórias. "Pois bem, doutor Janet, pelo que revelarei, o senhor há de concluir que tal história, além de estranha, é, *no mínimo*, aviltante. Momentos antes de morrer, Roussel pediu-me que retirasse de um compartimento secreto da sua valise pessoal esta peça de *lingerie*", afirmou Carlota Dufrène, exibindo uma *pantalette* cor-de-rosa, "Considerei o pedido um tanto estranho para o momento, mas o atendi, levando-a até ele. *eis-me aqui, esfinge presa ao chão, barriga no balcão, cuspindo sandices (será loucura isso?) na cara desse idiota, que provavelmente me trairá na primeira roda de paus-d'água que frequentar* Após acariciar o tecido, Raimundo Roussel mostrou-me esta estranha mancha no vestuário, em forma de um pequeno livro, ou algo parecido, assinalada a sangue".

O dr. Pedro Janet pôde observar o sinal a que ela se referia e comprovar sua inegável semelhança com a forma de um livro de páginas abertas, "Recordo-me agora da história narrada na carta. Nela, Roussel afirmou-me que recebera uma visita do papa Pio xi no palacete de mme. Margarida Moreau-Chaslon, na rue de Chaillot, no período subsequente ao término do Salão do Automóvel de Paris, em 1926. Parece-me que o Santo Padre, incitado pelos comentários elogiosos feitos pelo núncio que visitara a *roulotte* de Roussel na exposição, solicitara-lhe uma visita. A partir daí, a narrativa tornou-se bastante esquisita e mais parecida com a ficção do próprio Roussel, pois ele tentava convencer-me de que o papa chegara aos jardins do palacete numa carruagem conduzida por dois macacos fantasiados de cocheiros". Carlota Dufrène, passando a *pantalette* para que o dr. Janet melhor a examinasse, prosseguiu: "Sim, parece-me também que o papa usava uma roupa cerimonial de cores extravagantes, e que, depois de observar os cômodos da *roulotte*, deteve-se ante a banheira, despindo-se e mergulhando na água que Roussel utilizara momentos antes para banhar-se", ao que o psiquiatra assentiu: "Esse detalhe também coincide com a carta enviada a mim". "No entanto, o aspecto mais sórdido da história é o que ocorreu depois", completou Carlota Dufrène, "Após o banho, o Santo Padre e Roussel entregaram-se aos horrores libidinosos dos invertidos, e esta aqui, segundo o que Roussel confirmou em seu leito de morte, era a roupa de baixo que o papa Pio xi usava na ocasião."

Paris, 24 de dezembro de 1926

AO PREZADO DR. PEDRO JANET,
EM SUA RESIDÊNCIA EM PALERMO, SICÍLIA.

Caro amigo e confessor,

Este ano de 1926 ficará registrado na memória de forma indelével. Primeiro, a inexplicável iluminação intelectual que atingiu-me a testa numa tarde do verão parisiense e inspirou a construção da roulotte, o automóvel que me conduziria à glória, visitado por centenas de anônimos no Salão do Automóvel e também por celebridades como Mussolini, Il Duce em pessoa, culminando na visita do papa Pio XI ao palacete de mamãe, na rue de Chaillot. Essa cortesia interessada de Sua Santidade, vindo até aqui conhecer a roulotte, uma diabólica engenhoca de quatro rodas, verdadeira casa de caracol motorizada, pôs-me num considerável estado de ansiedade, não deixando a ocasião passar sem apelar a uma potente carga de barbitúricos. O resultado disso tudo não sei se é fato ou apenas delírio.

Depois, o Santo Padre chegou a Paris metido numa carruagem conduzida por dois macacos, com uma fantasia veneziana em tons do mais extravagante cor-de-rosa. Após conhecer com expressa admiração os recintos da roulotte, Sua Santidade despiu-se em minha frente, sem pudicícia nenhuma, mergulhando na banheira de que disponho na sala de banhos. Para minha enorme surpresa, observei que Sua Santidade tinha os contornos bastante femininos, diria até que excessivamente femininos, e não pude conter minha excitação, esperando para responder às suas provocações assim que saísse da água.

O papa Pio XI não se despira de todo até então, preservando a lingerie sobre o corpo, na verdade, o totem guardião do último dos mistérios, impedindo que seu sexo ficasse visível. Disposto a desvelar tal segredo, não vi outra saída senão submeter-me aos jogos *sensuais de Sua Santidade. Agarrei-a por trás, arrancando-lhe a delicada peça que ainda subsistia, e, enquanto provinham de sua boca pequenos guinchos de prazer e dor, ergui seu* derriére *para então aproximar-me com o ardor de que fui capaz. Instantes após aquele resfolegamento natural ao coito em que ambos os contedores esfregam-se, regulados por espasmos e pulsações que esvaem-se aos poucos, quedamos inertes sobre o assoalho.*

De repente, o Santo Padre levantou-se, tirando a pantalette *de minhas mãos, vestindo-a e desaparecendo* roulotte *afora. Quando consegui alcançar a porta, ainda pude ver a carruagem atravessando os portões, deixando os jardins do palacete. No momento em que o carro atingia a rua, insinuou-se janela afora a máscara de folião veneziano de Sua Santidade, um braço alongou-se e lançou ao ar alguma coisa que pairou um instante, sustentada pela brisa do crepúsculo, até ser detida pela grade do portão. Corri até a grade, mas antes de atingi-la já havia identificado a* pantalette*, então retirei-a com cuidado e, qual minha surpresa! Lá estava uma pequena marca, uma espécie de selo estampado em sangue, na forma de um livro aberto, próximo à região onde fica o ânus.*

Que selo poderia ser esse, considerado amigo, e que espécie de ânus poderia deixar a marca de um livro? Caro dr. Janet, consigo vislumbrar daqui de minha confortável escrivaninha em Paris, a centenas de quilômetros de onde o senhor está, a flor de rugas que brota em sua testa ao ler isto, até surgir uma total expressão de ceticismo em seu rosto. Mas creia-me, esta narrativa é verdadeira. E desde que aconteceu, não mais consigo repousar à noite, minha concentração voltada para a solução desse mistério.

Do seu paciente, à espera de uma resposta vinda da Sicília, impacientemente,

11.

Trespassados por uma energia abrasadora que deixa os corpos translúcidos e permite que seus esqueletos sejam vistos pelos *hippies* apavorados amontoando-se uns sobre os outros na porta do quarto, Torquato Neto e Jaime Hendrix como toureiro diante do touro, e vice-versa, touro diante do toureiro, os corpos arqueados, os punhos esticados, um apontando para o outro, atraídos pela irrefreável força magnética irradiada pelos anéis em seus dedos. Além, apenas o ruído do disco, pois já chegou ao seu final há tempos e gira na picape da vitrola sem que ninguém o interrompa.

Um relâmpago une os dois anéis, seguido de um estampido ensurdecedor. A descarga desliga a vitrola, deixando o quarto imerso num profundo silêncio.

O Grande Guitarrista, habituado a domar ondas elétricas, tenta conduzir o relâmpago e diverte-se com o desafio. Com um rodopio violento do braço esquerdo, Jaime Hendrix tange o raio de luz entre os dois anéis, provocando um som tímido, um tanto chocho. Torquato Neto, atingido pela breve oscilação da luz, cai com estrépito ao chão, provocando risos nos *hippies,* que continuam a testemunhar a cena, as barbas e batas iluminadas pela onda fantasmagórica que tinge tudo de azul. *perdigotos da des-*

razão indo pra vala, memória morrendo na língua, livro-me desses segredos e falo: Enquanto Torquato Neto tenta se recompor, o Grande Guitarrista ataca uma vez mais, na tentativa de extrair um acorde audível, dando-lhe uma patada tão bem dada que o raio trepida, movendo-se em ondas circulares, feito o corcovear de uma serpente, prolongando-se pela extensão total entre os anéis, até atingir seu oponente na outra extremidade, levantando-o a dois metros do chão, para depois jogá-lo com violência de encontro à parede. Dessa vez um som surge, assemelhando-se a nada jamais ouvido por alguém ali, reverberando em todo o bairro de Kensington, sob aplausos da plateia espremida no batente da porta, os *hippies* pondo-se de pé para soltarem abundantes apupos e gargalhadas.

Encorajado pela manifestação deslumbrada da audiência, Jaime Hendrix gira o braço feito hélices de um helicóptero e massacra com as mãos o raio de luz azul. Diversos acordes começam a surgir, formando uma tessitura sonora compreensível, com nuances e cores distintas, o Grande Guitarrista afinal dominando as vibrações, moldando notas sensíveis a partir da massa bruta, ao passo que Torquato Neto é arrebatado do teto ao chão, do chão ao teto, de parede a parede, enquanto pensa em enormes cápsulas de ácido lisérgico com a cara do Pateta sobre os céus da Lapa, vampiros sob as luzes da Cinelândia, Carlos Drummond de Andrade caminhando pela avenida Rio Branco, Drummond parado na frente da Biblioteca Nacional e os chopes claros nas mesas do Amarelinho, a violência dos impactos embaralhando imagens seguidamente em sua cabeça machucada. Quando Jaime Hendrix sai do arrebatamento e vê o triste estado de Torquato Neto na outra extremidade de suas cordas imaginárias, deixa de vibrá-las e corre até ele. O Grande Guitarrista ajoelha-se para ajudá-lo a levantar-se, os anéis se tocam e a força que antes os repelia é imediatamente substituída por outra que os atrai, o metal azulado brilhando aos olhos turvos dos presentes.

Um livro de aspecto muito antigo aparece no centro do quarto, flutuando em meio às luzes emitidas pelos sete selos em sua capa. Jaime Hendrix alça-se ao teto vestido de nuvem e o rosto de Torquato o reflete, como se fosse o sol, e seus pés como colunas de fogo, e ele toma para si o livro a rodopiar no espaço numa velocidade vertiginosa. Com o livro aberto nas mãos, uma flâmula rodeada de espinhos com a inscrição *libellum apetum* surge acima de sua cabeça.

E então Torquato Neto desaparece, deixando para trás a estampa congelada do Grande Guitarrista alçado aos céus, qual um anjo prestes a cair, sustentado pela aglomeração estática de *hippies* ajoelhados feito madalenas a seus pés.

10.

Na rue Richelieu, defronte ao prédio da Biblioteca Nacional, Isidoro Ducasse sofre estranhos tremores, semelhantes aos provocados pelas febres altas ou intoxicações por absinto. Os transeuntes veem-no subir os degraus, desconfiados, enquanto carrega um estranho livro pendurado nas costas, dando a impressão de que o volume seja muito mais pesado do que suas dimensões indicam.

Isidoro Ducasse adentra o enorme salão central da biblioteca, hesitando ante as prateleiras ladeadas por cariátides, em seu delírio, gárgulas assustadoras. *sim, sim, o vulto inalcançável do sentido se afasta, se esconde, passa por aqui e, de repente, não está mais em lugar nenhum, um balde d'água fria* Senta-se, o livro à frente, e esguelha um olhar perdido aos outros leitores, todos intranquilos com seu aspecto doentio, para depois examinar os sete selos na capa do volume sobre a mesa, enquanto aguarda a chegada de Alberto Lacroix, bastante atrasado a essa altura. Ducasse havia marcado o encontro para negociar a publicação de *Poèsies*, sua segunda arremetida contra a literatura, submetida dias atrás ao crivo exigente do prestigioso editor, restando-lhe apenas saber o que Lacroix tinha a considerar sobre a obra.

Os sete selos na capa do livro iluminavam sua face, mostrando-lhe as imagens de sete anjos em queda. Estampadas nas asas dos anjos podiam ser vistas algumas frases, mas sua velocidade ao se mover despencando das alturas impedia a leitura, apenas algumas palavras esparsas surgindo momentaneamente, depois tornando-se ilegíveis.

Isidoro Ducasse afasta os olhos da capa do livro a tempo de ver Alberto Lacroix atravessando, resoluto, a sala de leitura em sua direção. O volumoso editor tinha aspecto sombrio e carregava nas mãos uma pasta que, pelo menos assim imaginava Isidoro Ducasse, deveria conter o seu manuscrito de *Poèsies*, já com o esperado selo de aprovação para publicação da casa editorial Lacroix-Verboeckhoven & Cie.

Espalhando-se sobre a cadeira, Alberto Lacroix esperou sua respiração ofegante voltar ao ritmo normal para mirar fundo os olhos de seu ansioso cliente e jogar a pasta sobre a mesa, explodindo em negativas, "Chega, meu caro. Não vamos publicar o teu livro, ou pior, esta colcha de incoerências mal costurada que tens a petulância de chamar de 'livro'. Fomos unânimes nessa decisão, Verboeckhoven e eu, ela é irrevogável. Passar bem".

Após o furibundo editor levantar as nádegas e afastar-se, Isidoro Ducasse observou uma multidão de pessoas apavoradas invadir o salão central da biblioteca. Eram mulheres, órfãos de guerra, ambulantes e mendigos nos seus andrajos, em completo estado de pavor, esgueirando-se para baixo das mesas, gritando: "... abriguem-se. As bombas estão caindo, as bombas...". Houve tempo apenas para Isidoro Ducasse jogar-se sob uma pesada mesa e um primeiro explosivo atingia a ala esquerda da biblioteca, ferindo alguns leitores desavisados e destruindo a estante que preservava um exemplar do século xv do *Liber de Contemptu Mundi* de Isac, bispo de Nínive. Uma revoada de páginas de pergaminho arrancadas do raríssimo livro invadiu o ar da sala. Isidoro Ducasse acompanhou em particular uma das folhas, com finas iluminuras estampadas, navegando ao sabor dos gases e vapores das explosões, volteando até cair sobre um leitor desfalecido, tapando-lhe a face dilacerada por estilhaços com suas letras góticas. Isidoro Ducasse aproximou-se, retirando o pergaminho do rosto do morto, antes que o sangue comprometesse o documento.

Enquanto as bombas explodiam em meio à biblioteca em chamas, um compenetrado Ducasse tinha diante de seus olhos o excerto de um dos mais perfeitos exemplares de códice jamais manufaturados. Porém algo sobre a superfície do papel o intrigava, uma pequena mancha de sangue próxima à capitular, semelhante a um sinete ou talvez um selo, com a forma de um livro de páginas abertas. Isidoro Ducasse analisou a pele do leitor desfalecido aos seus pés, mas não identificou nenhuma ferida exposta com tal conformação. Depois, passou o dedo sobre o selo e, para seu espanto, pôde verificar que o líquido não era sangue, e sim uma espécie de tinta negra e viscosa.

9.

Os cavalos descem com estrépito a ribanceira, levantando a poeira branca do solo do Novo México. Após atravessarem a trilha no caminho de Fort Sumners, os cavaleiros chegam a um *saloon* cuja tabuleta anuncia The Green Cabaret, onde apeiam, estalando suas juntas ruidosamente, e acomodam-se às gargalhadas numa longa mesa. Quando a atendente mexicana aproxima-se para servi-los, cada um faz seu pedido grunhindo, como chacais diante do almoço. Rimbaud: "Cerveja!"; Gui-O-Guri: "Presunto!"; os mexicanos: "Feijão!".

São cinco horas da tarde. Arthur Rimbaud examina os bicos de suas botas cruzadas sob a mesa, preguiçoso, os rococós das costuras sobre o couro gasto. Contrapostos às texturas exóticas do tapete abaixo de seus pés, parecem embaralhar sua vista. Os peitos da mexicana interpõem-se entre os olhares velhacos trocados entre Arthur Rimbaud e Gui-O-Guri, a bandeja repleta de canecas de cerveja e comida fumegante, seguida pelos seios fartos da atendente. Arthur Rimbaud dá um tapa encorajador no seu traseiro e a moça gargalha, servindo a mesa e desviando-se das mãos ávidas dos pistoleiros, que procuram imitar as do francês. Poucas horas depois, restam sobre a mesa apenas garrafas derrubadas, copos, pratos vazios e outras sobras do banquete.

A mão de Rimbaud levanta uma caneca de cerveja vazia. Através da caneca, ele observa as imagens difusas das pessoas, as cores e os objetos como se através de um filtro. Girando-a, acompanha a algazarra feita pelos pistoleiros mexicanos, divertindo-se com as distorções causadas pelo vidro sujo de espuma. Ao enxergar a cara dentuça de Gui-O-Guri, Arthur Rimbaud estaca para ouvir sua pergunta inquisidora: "E aí, francês, está pronto para ir buscar o haxixe com seu conhecido lá em Galveston?".

Próximas ao píer, as silhuetas de Arthur Rimbaud e Gui-O--Guri esgueiram-se entre ratos e amarras das sombras quase imóveis dos navios. A distância, apenas luzes e ruídos de copos indicam que os dois se aproximam daquilo que procuram. Conforme a madeira úmida do piso do píer range sob seus pés, Arthur Rimbaud imagina que a melhor coisa a lhe ocorrer seria afinal encontrarem aquele maldito marinheiro, depois de uma busca infrutífera por todos os antros da zona portuária de Galveston. Após o assalto, Arthur Rimbaud sabe do que Gui-O-Guri é capaz, e teme o pior, caso não consiga encontrar o haxixe.

Sob as luzes a gás, Gui-O-Guri engatilha seu revólver e os dois adentram o bar enevoado. Para a tranquilidade de Rimbaud, o primeiro odor a ser identificado dentre a miríade de cheiros exalados por aquele lugar fétido é exatamente o do haxixe sendo queimado, que alastra-se pelo ambiente. *encha rápido meu copo, imbecil de olhos crédulos, vindo sabe-se lá de onde, repórter de enigmas: qual o maior símbolo da cultura humana deste milênio que se esvai, o que poderia representar melhor o final da humanidade assim como a conhecemos?* Logo na entrada, com os cotovelos apoiados no balcão, um marujo dá tragos alternados de um cachimbo e do copo de uísque. Arthur Rimbaud pergunta-lhe se há algum tripulante do *Amanite Vireuse* por ali. O marujo orienta-o a procurar no salão dos fundos do bar, para onde os dois homens seguem prontamente.

Nos fundos, um homem com aparência truculenta está sentado, jogando baralho. Rimbaud reconhece-o e aproxima-se, com saudações festivas, "Como vai, velha lontra marinha?". O marinheiro retribui a efusividade, sacudindo Arthur Rimbaud pelos ombros. Sem que ninguém perguntasse nada, o marujo antevê o propósito da dupla, oferecendo uma oportunidade única, "Meu caro amigo francês, lembra-se de nossas conversas sobre a Abissínia enquanto vínhamos para a América? Pois bem, você não acreditará na coincidência improvável de que fui vítima", prosseguiu. "Quando cheguei a Galveston, aqui mesmo neste bar, encontrei-me com um abissínio misterioso, tripulante de uma embarcação oriental, nigeriana ou marroquina, não sei ao certo. Esse marítimo deixou escapar que tinha consigo uma carga de haxixe muito potente."

Arthur Rimbaud e Gui-O-Guri, impacientes pelo sucesso da empreitada, seguiram então o marinheiro a outro compartimento do bar. O homem ajoelhou-se e levantou uma tábua do assoalho, enfiando o braço dentro do buraco no piso, dele retirando um pequeno baú. De dentro do baú, o marujo tirou um volume envolto num papel azulado, que começou a desatar. Observando seus movimentos, Arthur Rimbaud nota a curiosa tatuagem que ele trazia no bíceps, um livro com as páginas abertas: "Ouçam, por cinco dólares vocês levam o melhor haxixe do mundo. Não é um bom negócio?".

Rimbaud examinou por alto o selo em forma de livro inscrito na tampa da caixinha que continha o fumo e deu a estocada: "Três dólares e encerramos o assunto?".

O marinheiro, retendo o objeto próximo ao corpo, estendeu sua mão direita com a palma aberta para Arthur Rimbaud, recebendo a paga proposta.

Ao deixarem o bar, os dois aventureiros veem que o alforje onde depositaram o haxixe brilha de forma incomum.

8.

Fernando Pessoa senta-se em sua cama de solteiro, com o cuidado de não amarrotar os lençóis. Acende o abajur, dispondo seu relógio de bolso em cima do criado-mudo e revira o sobretudo em busca da cigarreira, não a encontrando. Levanta para procurar melhor nos bolsos da frente, sem sucesso. "Não é possível, será que a deixei cair enquanto bebericava na Brasileira? Ou terá sido a caminho de casa?" Tira o paletó, depois o colete, deixando-os sobre a cama com os bolsos revirados, sem encontrar nada além de moedas, anotações em papéis soltos, um toco de lápis e seu caderninho com capa de couro. Pensativo, tenta recordar o trajeto feito do Chiado até a pensão em que morava. Foi quando localizou a cigarreira jogada em cima da cômoda. *pela língua, pelos olhos e pelo livro, assim deve ser, prega a ordem máxima dos Sagrados Corações de Maremme, o livro nos vincula, o livro nos recorda de nossa humanidade, nos religa* Aproximou-se cauteloso do móvel, notando uma carta sob o objeto. Assim que tocou o envelope amarelo e envelhecido, Fernando Pessoa reconheceu a letra crispada de Alistério Crowley. Iluminado pelo abajur, o relógio teve o volume das batidas subitamente amplificado, incomodando Pessoa, levando-o a olhar com ar de reprovação para o criado-mudo, desejando que os ruídos fossem apenas fruto de sua imaginação.

No envelope, próximo aos selos, um carimbo indicava o local da postagem: o povoado de Fátima, a cerca de 140 km de Lisboa. Outro carimbo informava: 17 de outubro de 1917. "Mas como...", tartamudeou Pessoa, e abriu a porta do quarto, saindo inopinadamente pelo corredor até a cozinha da pensão. A proprietária descascava batatas, sentada à mesa. "Dona Maria, por acaso foi a senhora quem pôs esta carta sobre a cômoda de meu quarto?" A mulher, absorta em sua tarefa, ergue os olhos, observando curiosa o envelope nas mãos do poeta, "Mas bem sabes que não tenho as chaves do teu quarto...".

Desconcertado, Fernando Pessoa dá meia-volta aos aposentos, balbuciando desculpas. "Será possível que Crowley tivesse estado em Portugal em 1917? Não há nenhuma menção a isso nas *Confessions*, em vez disso, em suas memórias aquele foi o período em que dedicou-se ao alpinismo, viajando pelo Tibete."

Pôs-se a observar detalhadamente com a lupa os selos no envelope, e não deixou de se espantar com o que viu. Um dos selos estampava a imagem da Virgem de Fátima e o outro, comemorativo da feira do livro de Lisboa ocorrida em outubro de 1917, reproduzia um livro de aparência esotérica. Antes mesmo de abrir a carta, Fernando Pessoa retirou de uma mala sob a cama antigos recortes de jornal que narravam os fenômenos ocorridos em Fátima, pois lembrara-se que aquele tinha sido o mês da última aparição da Virgem na Cova da Iria. Uma inquietante determinação o movia. A história da aparição da Virgem muito o impressionara, como a todos, aliás, e por isso havia guardado os relatos encontrados à época nos jornais portugueses. Num artigo de Avelino de Almeida, editor do diário *O Século*, descobriu uma precisa descrição visual do fenômeno ocorrido em outubro de 1917:

"Da estrada, onde estavam estacionados os veículos, e onde se comprimiam centenas de pessoas que não haviam ousado aven-

turar-se na lama, podia-se ver a imensa multidão voltar-se para o sol, que apresentou-se livre das nuvens em seu zênite. Parecia um poliedro de pura prata, e era possível olhá-lo, sem o menor desconforto. Pode ter sido um eclipse. Mas naquele momento um grande grito elevou-se de todo lado: 'Milagre! Milagre!'. Ante o olhar atônito da multidão, cujo aspecto era bíblico, ao se apresentarem com a cabeça descoberta, perscrutando agudamente o céu, o sol de súbito tornou-se um cubo, desenvolvendo penetrantes arestas, e realizou movimentos totalmente fora das leis cósmicas — o sol, tornado um cubo gigantesco, 'dançou', de acordo com o relato unânime do povo."

Deixando o jornal de lado, Fernando Pessoa pegou o envelope sobre a cômoda. Então, ampliada pela lupa, ele vê a Virgem que ilustra um dos selos transformar-se na imagem de um demônio e o livro no outro selo abrir-se devagar, suas páginas se movimentando, folheadas por alguma entidade invisível. "Mas que relação poderá haver entre Crowley e o acontecimento de Fátima?", pergunta-se. Palavras deslizam naquelas folhas sem que Fernando Pessoa ao menos tenha tempo de lê-las, palavras líquidas que se dirigem a algum outro lugar, interrompendo a relação perfeita entre seus olhos ávidos de leitor, o livro oferecido com páginas abertas e as palavras fugazes que logo sumiam, deixando uma aterrorizante sensação de incompletude em seu espírito.

7.

Lúcia repousa em seus aposentos no Convento das Irmãs Dorotianas de Tuy, na noite de 2 de janeiro de 1944. Apenas uma vela ilumina o ambiente. Sobre a escrivaninha estão duas folhas de papel, a primeira traz uma mensagem do Bispado de Leiria determinando que a freira revele por escrito o terceiro segredo de Fátima, e a outra está em branco.

Os olhos arregalados da irmã projetam no teto diversas imagens que se fundem umas às outras, como num filme. O grande painel em movimento exibe um sumo pontífice sendo atingido por um tiro e, na sequência, o mesmo sacerdote, ameaçado pelo punhal de outro padre, e então passageiros em pânico dentro da aeronave dominada pelo fanático armado, um diabo de ceroulas vermelhas manipula marionetes perante a multidão de curiosos, o rei e a rainha assaltados pelo religioso que arremete violentamente contra a guarda real, o cardeal solitário numa sala suntuosa, à sua frente um pequeno baú lacrado que ele hesita em abrir.

Do lado de fora da cela de irmã Lúcia, suas companheiras de claustro observam assombradas as luzes vazando pelas frinchas da porta. A madre superiora corre àquela área do convento, alertada a respeito do fenômeno espantoso que por lá ocorria. Ela está a par das dúvidas de Lúcia sobre a origem da visão, que resultaram numa misteriosa angústia, surgida desde o recebimento das ordens estritas da Igreja para que revelasse o terceiro segredo. A religiosa treme ao ver as expressões de pânico das noviças, ajoelhadas ao lado da cela: "O que está acontecendo, minhas filhas?". A mais velha das moças se aproxima, tocando-a com mãos enregeladas, "Senhora, fomos atraídas pelas luzes fortíssimas provenientes do quarto de irmã Lúcia, mas quando aqui chegamos, nos pusemos a ouvir as vozes ríspidas que vêm lá de dentro. Uma roufenha voz masculina é a que soa mais imperativa. Estamos com medo, madre!". A pesada porta de madeira vibra, como se alguém a golpeasse. *prossigo a ladainha alcoólica ou espanto de vez esse ouvinte pasmo, pássaro molhado fugido da noite lá fora?* Assustadas, as freiras desaparecem em meio à ramificação labiríntica de corredores do convento mergulhado na penumbra.

Em seu aposento, Lúcia está imóvel. Aparenta estar inconsciente e tem os olhos fechados. O quarto está imerso em escuridão profunda, a não ser pelas réstias de luz que vazam quando ela move as pálpebras, em espasmos semelhantes aos que temos quando sonhamos. O silêncio é interrompido apenas por um barulho de cascos muito baixo, que raspa contra o chão de pedra da cela, vindo do seu canto mais escuro. Um cheiro nauseante de comida podre e fezes toma conta do prédio. As internas questionam a frieza da madre, ao abandonar o corpo transido de Lúcia a sua sorte, mas a superiora permanece irredutível, "Irmã Lúcia está enfrentando uma grande provação, e deve permanecer firme nessa batalha contra os poderes inferiores. Só assim talvez obtenha a resposta para a dúvida que a aflige desde a primeira aparição da Virgem".

E as freiras permanecem caladas em frente ao convento, a noite de janeiro tornando-se mais e mais negra, sem nenhum astro a lhes iluminar o caminho.

6.

Enquanto a aurora ameaça arrombar as janelas do sótão da casa, Guilherme Burgos aproxima-se do baú e retira dele o livro encontrado no deserto. Ao tocar sua capa, percebe algumas escamas no antebraço esquerdo. Com o olhar fixo no volume, espana-as, imaginando serem apenas restos das cascavéis que por ali passaram.

Os sete selos na capa do livro exibem uma mesma imagem, o objeto geométrico enorme visto no céu por Guilherme Burgos na manhã daquele mesmo dia. Há pouco as diversas imagens nos selos jorravam de forma impressionante e agora apenas os sete Tesseracts giram mansos, sua intangibilidade beirando a perfeição, tal a leveza de suas órbitas.

"De novo o cubo fodido que deu para me perseguir... O que está acontecendo comigo? Finalmente vieram me buscar?", ele pensa, ao abrir o livro.

O fluxo de texto se inicia outra vez, e aparecem palavras sabe-se lá de onde, em diversos pontos das lâminas de pergaminho envelhecido, a cada virar de página, em todos os espaços possíveis e desaparecendo, conforme Guilherme Burgos folheia o volume numa cadência demente: "Qual a relação entre este livro antiquíssimo e o cubo de luz?", pergunta-se. "Como pode um livro tão antigo ser dotado de tal perfeição, qual a lei a reger os textos em suas páginas? E pior, de onde virão? Não reconheço nenhuma dessas frases. Quem quer que seja o responsável por suas escolhas deve ter uma predileção por aforismos, pois isto aqui me parece O Grande Livro das Máximas, tal o número de apotegmas que surgem e somem."

Um **som** — emitido por **que**
alavra — proferida por **qu**
Escute o nada. Leia

**"Um fedor pestilento de carne apodrecendo,
esta é a fronteira entre a vida e a morte."**

ma palavra: **mundo. Morte** da palavra, **morte do m**
o em um verso. **Morte do verso,** morte do **universo**

fedor **pestilento** de carne apodrecendo,
é a **fronteira** entre vida e mort

"Escritor e Leitor, os dois estão no livro,
e *ambos estão morrendo*."

undo **está em uma palavra: mundo. Morte da** palavra.
universo contido em um ver o. **Morte do** verso, mort

scritor e Le t r. os **dois** estão n li
e *amb*os *estão mo*rre

Um som — emitido por **quem?** — e e
alavra — proferida por **quem?** — e

"Um som — emitido por quem? — e então nada.
Uma palavra — proferida por quem? — e então o vazio.
Escute o nada. Leia o vazio."

"O mundo está em uma palavra: mundo. Morte da palavra, morte do mundo.
O universo contido em um verso. Morte do verso, morte do universo."

Após dias à deriva naquele turbilhão, Guilherme Burgos fecha o livro e olha longamente pela janela. As trevas de uma outra noite se extinguem devagar, diluindo-se de encontro às cores claras da manhã. O escritor, vendo as extremidades que se fundem para formar a tessitura esgarçada do dia, imagina-as como um livro a se abrir para outro livro, margens da escritura dobradas e redobradas produzindo um texto para o infinito.

Ao afastar-se da janela, Guilherme Burgos nota uma mancha escura na face direita refletida no vidro. Pouco discernível no reflexo empoeirado, uma fração de seu rosto está mergulhada na escuridão. Para enxergar melhor, Guilherme Burgos esfrega a manga do paletó no vidro da janela, tentando retirar a sujeira que o cobria. Ao traçar movimentos concêntricos com seu punho fechado sobre a superfície lisa, descobre mais escamas na pele, o dorso da mão coberto por um couro escuro de cobra. *"tinha olhos apenas para o infinito", dizia o livro, "deixava os dias transcorrerem, me castigaram", resmungava, "porém, o mundo consome-se com o dia"* O escritor intui que a área enegrecida de seu rosto exibida naquele fraco reflexo deve ser alvo do mesmo fenômeno que atinge sua mão. Com o livro nos braços, ele corre em direção à escada. A respiração se altera ao aproximar-se da porta do quarto, alcançando um ritmo quase insuportável ao sentar na cama em frente ao amplo espelho, onde é capaz de confirmar o que suspeitara: transformava-se numa serpente.

A metamorfose ocorreu em poucos instantes.

Antes de deslizar para fora do terno negro que usava, tornado subitamente inadequado para um ser sem membro nenhum, a imponente cascavel com sete olhos e sete chifres em que se transformara Guilherme Burgos impele contra o espelho sua cabeça em forma de ponta de seta, quebrando-o em centenas de pedaços. Despencando da cama ao chão num baque surdo, a serpente desvencilha-se das roupas e rasteja para a porta dos fundos. Nos cacos espalhados aparecem palavras entrecortadas, letras esparsas sem significado nenhum, se repetindo com velocidade estonteante. Pequenas pontas de vidro esparramadas sobre a colcha da cama, frases incompletas sendo refletidas no teto, passando pela madeira do forro como legendas de um filme incompreensível, exibidas para ninguém, traduzindo nenhuma imagem. Coleando sobre os degraus da porta dos fundos, a cascavel pergunta-se sobre o que tudo aquilo poderia significar. Ao chegar no centro do quintal, o livro lá se encontra. Em sua capa os sete selos rompidos nada exibem, o livro se abre e, em vez de suas páginas, o que assoma é um abismo profundo, inexorável. Acima, no céu, o Tesseract rodopia em torno de seu próprio eixo feito um sol sem calor nenhum. A cascavel mergulha no penhasco escarpado das páginas do livro. Enquanto os guizos de sua cauda ainda estão visíveis e o restante de seu corpo é engolfado pelas profundezas das páginas, o livro desaparece, desintegrando-se no nada.

5.

Raimundo Roussel levanta a cabeça da almofada num movimento brusco, levando a mão à testa. Despertado pelas insistentes batidas na porta da sala de banhos, ele sente uma dor de cabeça extraordinária. Arrastando seu corpo da água, Raimundo Roussel atende à porta e o mordomo lhe informa ter recebido uma mensagem que suspendia a visita de Sua Santidade, o papa Pio XI. O emissário não esclarecera o motivo, diz o mordomo, e não havia trazido carta ou coisa que o valha, tendo apenas se desculpado pelo transtorno. "Uma lástima", grunhe Raimundo Roussel, "adoraria ter conhecido o papa que criou a Rádio Vaticano... deve ser alguém com visão, afinal. Um de meus semelhantes. E de Júlio Verne, sem dúvida." Sem compreender direito, o serviçal informa que, por outro lado, Raimundo Roussel tinha visitas imprevistas, pois estavam lá fora seus amigos surrealistas da rue de l'Odéon, André Breton, Miguel Leiris, Luís Aragon, Roberto Desnos e Rogério Vitrac, um verdadeiro séquito de dedicados seguidores. "É mesmo? Bem, esses rapazes também não deixam de ser verdadeiros visionários. Diga-lhes que, assim que me vestir, os atenderei incontinenti."

Raimundo Roussel veste o robe e dirige-se ao quarto principal da *roulotte*. Na frente do closet, imagina algo para divertir seus jovens admiradores, escolhendo uma vistosa fantasia de sultão cheia de penduricalhos, comprada numa de suas viagens a Bagdá.

Esparramados nas poltronas Luís XIV da ampla sala de estar do palacete, os poetas surrealistas se deliciam com o fino conhaque português servido pelo mordomo de mme. Margarida Moreau-Chaslon.

Raimundo Roussel aguarda impaciente atrás das suntuosas cortinas do vestíbulo o momento adequado para sua entrada triunfal. Os rapazes divertem-se, conversando numa língua inventada, os vocábulos ruidosos ecoando estridentes pelos cômodos da mansão da rue de Chaillot, quando Raimundo Roussel enfim surge com a espalhafatosa fantasia de sultão. Todos aplaudem a cena, soltando apupos durante sua entrada e do minúsculo séquito a segui-lo, composto apenas pelo mordomo esbaforido que se desdobra para enrolar o longuíssimo rabo da túnica, a arrastar-se da sala até o vestíbulo.

Depois de instalar-se num divã, Raimundo Roussel sorri com ar enigmático aos seus convidados: "Meus jovens amigos! Sei que sois crédulos dos poderes evocativos do sonho, mas, mesmo assim, vos surpreenderíeis com o que um coquetel de barbitúricos pode provocar, ainda mais propulsionado pela água temperada por diversos sais orientais, em uma confortável banheira. Acabo de ter um pesadelo maravilhoso com o papa Pio XI, mas o pudor me impede de lhes narrar aventura tão bizarra". Os rapazes, curiosos em conhecer quais absurdos poderiam brotar do cérebro delirante de seu mentor, contorcem-se sobre as poltronas, incomodados. Mas Roussel mantém sua recusa, "Não, não quero pervertê-los. Além do mais, o que não deve faltar em vossas cabeças espaventadas é imaginação".

Luís Aragon se adianta aos outros, que aguardam em silêncio o que ele irá dizer. Seus olhos esgazeados pelo conhaque emitem brilhos de ansiedade com pequenos vestígios de luz branca refletida, enquanto uma enxurrada escorre de sua testa ao tapete.

"Viemos, caro senhor Roussel, ungi-lo com o título de Presidente da República dos Sonhos e, para simbolizar este ato, trouxemos-lhe este raro cetro africano encontrado no Mercado das Pulgas. Trazemos também um livro ilustrado por gravuras impressionantes, achado por Breton na rue des Orphelins trasantontem de madrugada, pois consideramos que deveria lhe pertencer." Aragon mergulha então os dedos num pequeno pote com tinta vermelha tirado de seu bolso e assinala a testa do anfitrião com um olho de Hórus cuidadosamente desenhado. Raimundo Roussel, menos intrigado com o ar solene de seus convivas do que com o volume que Luís Aragon lhe passara, põe-se a desembrulhá-lo. Depois de lutar com os laços muito bem urdidos pelo quinteto de artistas, a surpresa: sob os papéis de diversas cores, lá estava o esquisito livro prometido. Mais surpreendente ainda eram sete selos movendo-se sem parar, estampados na sua capa *e lamenta-se o livro: "homem, caro irmão, que te fiz para merecer a morte? levanto-me, abro-me, estendo-te os braços, ofereço-te minhas páginas, e como recompensa de minha gentileza me cortas a cabeça!"* Cenas isoladas se sucedendo diante dos olhos perplexos de Raimundo Roussel, abismado pelo ritmo daquele desfile insensato de imagens irrompendo em sua imaginação. Então, ele tem uma nítida impressão de *déjà vu*. Se na realidade ou em sonho, não fazia a menor ideia, já vira aquelas gravuras. "Mas isto funciona como o meu cérebro...", disse, num tom baixo demais para ser ouvido. Levantando-se, os olhos esbugalhados pelo cinematógrafo acelerado que lhe embaralhava a vista, seguiu até a sacada para respirar e examinar o livro sob a luz do dia.

Raimundo Roussel observa por instantes os detalhes e contornos dos arbustos serem lavados pela ducha de luz que faz tudo desaparecer, restando apenas uma brancura incontornável, de tão sólida. Ao voltar os olhos para o livro em suas mãos, nota as cenas nos selos desencadeando-se num ritmo incessante, e pergunta-se sobre como seus pupilos surrealistas não demonstravam surpresa nenhuma ante objeto tão absurdo. Estariam infectados por uma doença que lhes turvava a mente e a imaginação, a ponto de não distinguirem mais a realidade do sonho? E Raimundo Roussel começa a pensar na hipótese de ele próprio sofrer do mesmo mal. O pesadelo que tivera com Sua Santidade na banheira da *roulotte* talvez fosse apenas um sintoma da moléstia. No livro em suas mãos, os sete selos continuam a se suceder e ele permanece concentrado neles, pressentindo conhecer cada uma das imagens lá plasmadas: são Luís prisioneiro em Damietta, a casa em chamas circundada por bombeiros subindo as escadas, um sorridente boneco de neve como aqueles feitos pelas crianças, o homem que remove uma flor de dentro das páginas do livro, a viela deserta nas ruas da aldeia, o poste apagado, ao alto a janela bate contra as paredes, fustigada pela tempestade que se aproxima. Subitamente, como que emergindo de um sono profundo, Raimundo Roussel recorda-se: aqueles surpreendentes filminhos animados reproduziam exatamente os desenhos que encomendara a um artista para ilustrar as páginas de seu livro, *Novas impressões de África*. Tendo chegado a essa conclusão, Raimundo Roussel mergulha de volta às pesadas cortinas de veludo vermelho, lutando contra o tecido esvoaçante, até irromper enlouquecido no centro do salão. Seus jovens convidados não mais estavam, então ele segue para a biblioteca. Nela, impressiona-se com as estantes vazias. Sua mãe estaria fazendo uma limpeza nos livros ou o quê? Dirige-se ao único volume que restara sobre uma prateleira e surpreende-se outra vez, pois ali está nada menos do que um exemplar das *Novas impressões de África*. Ao abri-lo, Roussel procura pelas páginas contendo as gravuras, mas não há ilustração em nenhuma delas. Lá existem apenas as molduras que deveriam sustentar os desenhos, mas estes haviam desaparecido.

Raimundo Roussel ergue a cabeça da almofada num movimento brusco, levando a mão à testa. Despertado pelas insistentes batidas na pesada porta do vestíbulo, sente uma dor de cabeça terrível e percebe haver adormecido no confortável divã em que se instalara para receber seus amigos surrealistas. Irritado com a demora da criadagem, atende ele próprio a porta. Para sua surpresa, logo aos pés da escadaria de mármore está estacionada uma luxuosa carruagem. Seus cocheiros são dois babuínos que sorriem para ele com caretas irônicas. Com a agilidade característica dos primatas, um deles rodopia até o chão e, com reverências exageradas, abre a porta da carruagem para o passageiro na penumbra de seu interior. E então, para total espanto de Roussel, eis que assoma à luz do sol o papa Pio XI.

Raimundo Roussel retrocede até atingir a soleira da porta. O Santo Padre, usando uma máscara de suíno, atropela pesadamente as escadarias. A coleção de cristais de mme. Margarida Moreau-Chaslon estremece, e trincam seus mármores a cada uma de suas patadas. Ao atingir o cume da escada, Sua Santidade mastiga as presas de porco: "Meu querido Roussel. Perdoe minha saída tão abrupta em nosso último encontro, mas creio ter esquecido algo na ocasião em que aqui estive". Após ouvir Pio XI, Raimundo Roussel enfia sua mão no bolso do robe e, aturdido, tira dele a *pantalette* cor-de-rosa do papa. Nela permanecia a marca de sangue em forma de livro. "Este selo foi rompido", diz o papa, "adeus". Então o Santo Padre toma a *lingerie* das mãos de Raimundo Roussel, abalando-se escadaria abaixo e desaparecendo na escuridão do interior da carruagem. Os babuínos estalam seus chicotes e os cavalos bufam fogo, ultrapassando os portões da mansão em direção à rua.

Olhando o livro em suas mãos, Raimundo Roussel nota um estranho cubo girando nos sete selos. No centro de cada um deles há um livro imóvel, suspenso no ar. Conforme Roussel aguça os olhos para melhor divisá-los, mais tem dificuldades em enxergar os livros. Ele ergue então o volume até a altura das vistas para constatar que desapareceram.

O sol abre as comportas de seu dique e as vagas volumosas de luz inundam o jardim. Raimundo Roussel desce calmamente os degraus, até pisar os paralelepípedos do calçamento, enveredando por uma das trilhas estreitas que levam ao centro daquele labirinto vegetal. Senta-se num dos bancos de pedra. Não há ninguém por perto. Ele ergue a cabeça para o céu e vê o sol, agora convertido num cubo imenso. Suas arestas estão de tal forma iluminadas a ponto de não mais poderem ser vistas. O livro sobre seus joelhos começa a ficar translúcido, e em pouco tempo desaparece. Cada ramificação das folhas começa lentamente a sumir, e então a pele, roupas, cada pedacinho de Raimundo Roussel e do jardim vai sendo tragado pela luz que levou o livro.

Até todo o enorme retângulo verde do jardim, a mansão da rue de Chaillot, o Champs-Elysées, Paris, a França, a Europa, a Terra e o Universo não poderem mais ser vistos.

4.

Torquato Neto desce Portobello Road com o som de um *reggae* na cabeça. Do outro lado da rua há uma procissão de pessoas, chapéus exóticos e batas, numa profusão psicodélica de vozes, sons e cores. Torquato Neto lhes acena com insistência, sem sucesso. A multidão dobra a esquina, se distanciando, os folguedos aos poucos desaparecem, e o poeta não tarda em continuar seu caminho. Na sua cabeça, apenas o marulho de ondas deslizando sobre a areia branca do litoral atlântico, páginas de jornal úmidas de sangue e um canto incessante de pássaro na orla do hospício.

E há o livro em suas mãos, cuja capa tem os sete selos num fluxo incessante de novas imagens. Sobre sua cabeça, um gigantesco cubo de luz engolfa a brecha visível de céu entre os prédios. Torquato Neto pensa que aquele cubo poderia ser tão perfeito quanto o livro, mas isso não é possível. Ao manusear o volume com cuidado, ele aprecia as rugosidades e falhas na textura do couro da capa, e observa os sete selos. Acima de seus cabelos eriçados, o hipercubo substitui o sol. "Esse sol, sim. Nada substituiria o sol do livro", murmura o poeta, "nas entranhas do humano há o livro. Cada víscera, uma página: um evangelho ao fígado, enquanto linhas são escritas de rim a rim."

A rua está agora vazia, apenas o som de uma buzina se perde na distância. Pisando forte sobre a calçada, como para verificar sua solidez, Torquato Neto se surpreende com a inconsistência de nuvens sob os pés. Caminha cabisbaixo, um coro de lavadeiras canta lá no miolo do seu tímpano, para depois sumir devagarinho, de encontro às imagens nos sete selos perante seus olhos. Ao levantá-los, vê no muro grafitado um pesado portão de madeira muito antigo, com ricos detalhes, argolas mouras de aço temperado e arabescos de ferro, que se abre devagar, com um ruidoso ranger de dobradiças enferrujadas ecoando por toda Portobello. Torquato Neto ultrapassa-o, sem medo nenhum. Assim que atravessa a soleira, uma frase em neon se acende: "Pureza é um Mito". Torquato não a vê, pois por trás daquela porta existe apenas uma névoa tão espessa quanto um sonho ruim. Ele olha para trás a tempo de ver as lojas de cacarecos e os brechós de Portobello Road desaparecendo sob uma brancura leitosa.

A fumaça se dissipa e Torquato Neto pode divisar alguém sentado num trono. À sua direita está o livro com sete selos que antes tinha em mãos. Grossas lufadas de vento vindas do alto turbilhonam a neblina. O poeta espreita o céu sombrio e vê Jaime Hendrix pousando ao lado daquele que está sentado no trono. *e frases jorram de minha boca, o que pensas, ouvinte incauto? e novas frases, vindas de onde? "a palavra opera na mais negra das escuridões", o fluxo não para* O Grande Guitarrista tem enormes asas negras de anjo e ao alcançar o chão brada com voz poderosa: "Quem é digno de abrir o livro e romper os cinco selos que restam?". Sua hábil mão esquerda extrai um acorde agudíssimo da guitarra, pontuando a pergunta. Torquato Neto afasta com as mãos a densa névoa que o impede de vislumbrar a capa do livro.

Quando seu rosto a toca, Torquato enfim pode ver que lá não mais estão os sete selos, e a capa se transmuta em diversas outras, muito rapidamente. Torquato Neto então, como se estivesse mergulhado até o pescoço num sonho viscoso, vê desfilar em velocidade impossível as capas das centenas de livros que já lera e os que esperava ler. Perante suas pupilas escancaradas se repetem a flux as capas de Uma Estação no Inferno, Almoço Nu, Upanishads, Ecce Homo, Inferno, Zohar, Fome, O Senhor das Moscas, A Serpente do Gênesis, As Flores do Mal, A Metamorfose, O Livro das Perguntas, Os Cantos de Maldoror, Là Bas, O Terreno de Uma Polegada Quadrada, O Inferno de Wall Street, Fausto, A Vida Breve, O Anticristo, Grande Sertão: Veredas, Às avessas, A Terra Devastada, O Agressor, O Retrato de Dorian Gray, O Processo, Sonho Interrompido por Guilhotina, Viagem ao Fim da Noite, A Divina Comédia, num turbilhão vertiginoso, Morte a Crédito, O Livro da Lei, A Chuva Imóvel e Lugar Público — até o desfalecimento. Enquanto a consciência lhe foge, Torquato Neto ouve a voz do Grande Guitarrista se esvaindo, num conselho: "Despeça-se. É a última vez que os verá". Até desaparecer.

> — *O que está acontecendo atrás desta porta?*
> — *Um livro está deixando cair suas folhas.*
> — *Qual é a história do livro?*
> — *Dar-se conta de um grito.* (...)
> — *Onde se passa o livro?*
> — *No próprio livro.*

EDMOND JABÈS

Ainda o quarto exíguo da república de exilados, o haxixe, os pôsteres. Postada abaixo do xaxim, a cabeçorra de Jaime Hendrix é ornada pelos *dreadlocks* verdes da samambaia. Torquato Neto, apoiado na janela a sua frente, observa o Grande Guitarrista e seus reveses hepáticos, o verde da planta misturado à pele-petróleo. O céu desfila estrelas num grande evento luminoso acima da cachola de Torquato Neto e ele rememora sambas funkeados no Morro de São Carlos, negras melodias ondulando vagarosamente sobre as águas da baía, o verde dos morros, os tetos dos barracos, até escurecer a cidade numa invasão de nuvens, e torturadores no banheiro dos fundos dos pés-sujos das esquinas. A poça de bile na frente de Jaime Hendrix reflete o futuro sob seus narizes. Na superfície da excreção tremula o reflexo de um livro aberto. As palavras em suas páginas líquidas compõem orações ilegíveis numa língua morta qualquer. Torquato Neto afasta-se das luzes da janela, ajoelhando-se sobre aquele espelho feito um narciso amnésico. As pontas da sua cabeleira tocam o livro, círculos concêntricos trazendo à tona novas frases e, dentre tantas, Torquato consegue vislumbrar apenas o conhecido verso de Horácio, *littera scripta manet*, a palavra escrita permanece. Quando identifica tais palavras, Torquato Neto percebe não mais estar no minúsculo apartamento onde antes se encontrava, e sim no interior do próprio livro.

Sentado no piso do Livro, suas costelas magras expostas ao contato frio dos azulejos, Torquato Neto grafa alguns garranchos sobre a massa de textos ancestral, ouvindo a água compassada do chuveiro. Levanta-se devagar, seu corpo esquálido um tanto trêmulo e achacado por delicadas inconsistências. Em frente à pia, no fundo do espelho turvo, Torquato Neto vislumbra uma vez mais as imponentes asas do anjo negro. Jaime Hendrix sorri, dando-lhe um breve aceno, enquanto alça voo, deixando atrás de si apenas a superfície úmida de papiro do espelho. O poeta, esgotado, apoia suas mãos na louça gelada da pia, assolado por calafrios. Ergue os olhos e não reconhece seu rosto no reflexo embaçado. Com a ponta do indicador, inscreve no vidro seu epitáfio fugaz, o suporte ideal para um recado impermanente. Nele justifica tudo, o anel em forma de serpente no seu anular escorrega, como se o dedo subitamente diminuísse de espessura, e cai ao chão, partindo-se em estilhaços.

Torquato Neto desliga o chuveiro e aproxima-se do aquecedor. Assopra a chama, mantendo o gás aberto. Em meio à névoa que se dissipa, senta-se no chão frio do Livro e espera todas as suas linhas, palavras, frases e páginas rumarem devagar em direção ao final.

3.

Na manhã de 24 de novembro de 1870, o senhorio da pensão da rue Faubourg Montmartre bateu à porta de Isidoro Ducasse, mas não obteve resposta. Intrigado pelo sumiço do inquilino, que havia dias nem ao menos cruzava a portaria, o sr. Dupuis foi ter ao seu apartamento. Na medida em que sua paciência se esgotava, a intensidade das pancadas sofria efeito inverso, a porta de madeira sacolejando sob seus punhos. O inevitável afluir de hóspedes dos quartos vizinhos iniciou-se, e o camareiro uniu-se ao sr. Dupuis para, depois de algum esforço, arrombarem a porta.

No quarto uma desordem considerável os aguardava. As paredes do cômodo pareciam páginas arrancadas de algum livro, com frases em diferentes línguas, palavras escritas à mão, com letras tremidas, aparentemente grafadas por um doente em estado terminal. E textos impressos em tipos variados, relevos maquinais produzidos por nenhuma mão humana. Mas um mistério ainda mais impressionante pairava sobre o local. No centro da pequena sala, cujo piso de madeira já apresentava sinais de esgotamento, uma pesada impressora tipográfica de platina esperava os surpresos arrombadores. E não havia a menor sombra de Isidoro Ducasse por lá. O senhorio aproximou-se da engenhoca metálica, estudando a ferramenta de impressão onde estampava-se em alto-relevo LAUTRÉAMONT PRESS, o nome do fabricante, "Mas... como esta merda veio parar aqui?". O camareiro não respondeu, mas sua expressão abestalhada lhe conferia um ar de inocência. Depois de rápida busca por possíveis pistas deixadas pelo ocupante do quarto, os inquilinos aos poucos retornaram a seus aposentos, deixando apenas o sr. Dupuis a reunir as peças do quebra-cabeça.

Cansado de conjecturar sobre o que poderia ter ocorrido com Isidoro Ducasse, o senhorio deitou-se sobre um largo sofá coberto por papéis manchados de tinta negra e adormeceu. Após uma hora de sono profundo, um ruído mecânico o despertou. Trôpego, caminhou até a máquina, que continuava imóvel no centro da sala. Tinha o punho sob o queixo e a mão coçando o couro cabeludo em busca de esclarecimento quando a impressora começou a vibrar. Receoso, o sr. Dupuis pressionou-a com as pontas dos dedos, na tentativa de cessar as vibrações, e a máquina começou a cuspir tinta e papéis, como se um tornado invadisse as janelas abertas para o bulevar. Folhas e mais folhas irrompiam, o cheiro forte de tinta negra e ácidos impregnando tudo. Em meio à tempestade de páginas esvoaçantes, o sr. Dupuis conseguiu esticar o braço para alcançar uma, dentre tantas. *qual a natureza do livro, qual o pseudônimo mais conhecido do livro, por que o livro esconde-se sob tantos nomes? pois se o livro quer apresentar-se a mim como capa, lombada, páginas, linhas, palavras, o que mais sei eu do livro do que o livro de si próprio?* Na folha amarfanhada havia apenas uma grande algaravia de estilos impressos, frases e mais frases em várias línguas, sobrepondo-se umas às outras em camadas e mais camadas de tinta úmida. O proprietário da pensão, alheio à origem do fenômeno que movimentava a máquina, continuou seu esforço para apanhar mais e mais páginas, mal verificava o emaranhado de letras estampadas, a jogava de lado e já buscava outra e outra e mais outra. Porém todas as páginas traziam as mesmas frases ininteligíveis. Conforme observava os textos, a tinta negra ia grafando o corpo e as roupas do sr. Dupuis. Foram necessários poucos minutos para que seu rosto inteiro estivesse coberto, outros tantos para sua pele parecer um cartaz lambe-lambe, grandes emes, ós, erres, tês, es, até seus poros entupirem e ele sucumbir.

A impressora tipográfica aos poucos arrefeceu, quedando imóvel por instantes. Enquanto o corpo do senhorio estrebuchava, as tábuas de madeira do piso começaram novamente a vibrar, os pés de apoio da Lautréamont Press se movimentaram, claudicantes, e ela se deslocou pelo corredor em direção às escadas, passando pelos vizinhos boquiabertos.

Noite de 24 de novembro, no Bulevar Montmartre. Enquanto o sr. Dupuis sonhava, grupos de homens discutiam as últimas batalhas e senhoras passavam ao largo, cuidando para que suas crianças não se desviassem, seduzidas pelas histórias fantásticas. Nos cafés, os poucos jornais a subsistirem aos abalos da guerra contra a Prússia eram folheados por senhores concentrados em morder as hastes de seus cachimbos. A preocupação deles ia de encontro às más notícias vindas da fronteira, e a população de Paris, cerceada de privações, procurava espairecer na noite de trégua dos bulevares e passeios públicos. À luz dos bicos amarelos de gás, a algazarra era elevada ao céu por um redemoinho de vozes ascendentes e por isso as pessoas não chegaram a notar um ruído de engrenagens, seguido de passos metálicos. O piso de paralelepípedos vibrou e então todos se voltaram para o obelisco no centro da praça. Ao pé da coluna estava a impressora tipográfica com suas manivelas platinadas brilhando sob a luz da lua. Aparentava estar imóvel, porém uma vibração intermitente podia ser ouvida, e tinha a aparência de um predador à espreita, as pernas arqueadas prestes a se distenderem. Muitos se levantaram, impressionados com a inexplicável aparição, e um senhor aproximou-se dela, observando sua superfície reluzente de tinta negra. Algumas crianças fugiram do controle de suas mães e arrastaram-se entre os sólidos pés da máquina. Quando suas mãozinhas sujas a tocaram, a Lautréamont Press corcoveou como um cavalo selvagem, arremessando os meninos para longe. No centro do Bulevar Montmarte, a lua foi escondida por páginas expelidas pela impressora tipográfica, que subiram até uma altura impressionante e depois caíram, cobrindo as pessoas. Uma senhora que testemunhava tudo sentada no Café de Madrid recebeu uma página em pleno rosto. Depois de arrancá-la com alguma dificuldade, sentiu uma ardência na pele — semelhante a uma queimadura — e desfaleceu. Um solícito cavalheiro percebeu que a tinta imprimira-lhe na tez macia palavras que diziam: *"Eu certifico a todo aquele que ouvir as profecias deste livro. Se alguém acrescentar alguma coisa a Besta lhe acrescentará as pragas que estão descritas neste livro. E se alguém tirar qualquer coisa das palavras do livro desta profecia, a Besta tirará a sua parte da árvore da vida, e da cidade santa, que estão descritas neste livro".*

A cena parecia um grotesco *grand guignol*, com os passantes sufocados pela tinta. A Lautréamont Press bufava e relinchava, explodindo em páginas e mais páginas, cujas linhas exprimiam sempre as mesmas palavras ameaçadoras, estampadas na pele das pessoas que tombavam uma atrás da outra, corpos sobre corpos cobertos por manchas escuras, o odor de ácidos e óleo formando uma névoa negra sobre o Bulevar Montmartre. Apenas o cume do obelisco permanecia, assomando pontudo através do *fog*. Com o tempo, o silêncio teve lugar e tudo se aquietou.

Metamorfoseado na impressora tipográfica Lautréamont Press, Isidoro Ducasse observa os corpos espalhados pelo bulevar. Enquanto masca cauchos com seus ferros, tenta exprimir-se, demover aquelas pessoas da inconsciência, mas de sua boca saem apenas palavras impressas, páginas e mais páginas.

Uma tempestade arregimenta as folhas coladas aos corpos esparramados. Afunilando-se numa corrente de ar, as folhas centrifugadas sobem, seguidas por muitas outras expelidas pela impressora.

Movendo com dificuldade o pescoço enrijecido, Isidoro Ducasse vê o luminoso céu sobre Paris, primeiro uma minúscula fração da margem do quadro. Depois, conforme aumenta seu campo de visão, atinge o centro daquela profundeza azul onde a lua tem arestas regulares que se estendem, iluminando tudo. Pouco a pouco, o Tesseract torna-se visível no céu sobre Montmartre. Ao pé do obelisco envolvido pelo furacão de folhas de papel, no que outrora haviam sido retinas de um poeta, refulgem peças metálicas sob a visão de um livro no espaço. As páginas sugadas pela força centrífuga do hipercubo dispõem-se, tomando a forma de um livro que aspira as pessoas desfalecidas e seus objetos, os coches e cavalos estacionados defronte aos cafés, as mesas e cadeiras das calçadas, o obelisco, a Lautréamont Press, os prédios, árvores, até tudo o que pertencia àquele mundo à beira da extinção ser engolido pelo livro.

2.

Silhuetas de homens e cavalos recortadas contra o horizonte, um perfeito fundo de céu estrelado na noite desértica, adquirindo os tons avermelhados da fogueira que ilumina o acampamento. Conforme os vultos em torno daquele incêndio noturno movimentam-se, sombras de cavalos e homens se interpõem, a imaginação criando centauros com sombreros na noite do Novo México.

Gui-O-Guri concentra-se e traga do cachimbo de haxixe, apertando os olhos, as pernas cruzadas e os braços distendidos. Os mexicanos riem do discurso intoxicado proferido por Arthur Rimbaud: *"... adeus aqui, não interessa na casa do caralho. Soldadinhos da boa vontade, nossa filosofia será furiosa; ignorantes sobre ciência, esgotados pelo conforto; Que este mundo se foda".*

À beira da fogueira, alheio a tudo, Gui-O-Guri, a face rubra, pousa o cachimbo no colo e vê, num vórtex iluminado no centro dos galhos em brasa, a imagem de Patrício Garret gargalhando. Arthur Rimbaud volta sua atenção para o céu ígneo acima de seus delírios e localiza uma constelação onde as estrelas têm a disposição do corpo de Paulo Verlaine, seu braço estirado disparando um revólver que atinge Arthur Rimbaud. O francês gira o pescoço devagar e vê surgir colina abaixo uma caravana de tuaregues sobre a pradaria americana. Súbito, os raios da lua desmantelam a bruma da noite. Arthur Rimbaud reconhece-se como o moribundo na liteira à frente da fila de cavaleiros. Diante de Gui-O-Guri aparece um longo corredor escuro, e ele vê-se a si próprio com os pés descalços emergir do fundo negro sem fim. Caminha tateando, apoiado às paredes, uma faca em sua mão, e indaga à escuridão, como se respondesse a uma esfinge de trevas, daí ouvem-se estampidos, seu corpo se contorce, recebendo o impacto, *"Quien es? Quien es?"*, a voz do Guri ecoa, os dentes amarelos de Patrício Garret arreganham numa larga gargalhada, a baba escorre.

Saindo do transe, Gui-O-Guri percebe que o cachimbo em suas mãos lateja feito um pênis. Ao levantá-lo à altura dos olhos, espanta-se que tenha se transformado num pequeno demônio vermelho, com uma cicatriz em forma de livro na testa, gravada com ferro de marcar gado. O pistoleiro, sem pestanejar, lança o demônio à fogueira.

Pequenas explosões ocorrem então e as chamas sobem até as nuvens, enquanto um grito gutural ribomba vale afora, a plateia de mexicanos, tuaregues, sacerdotes, surrealistas, *hippies* e freiras aplaude, as cortinas se fecham.

Arthur Rimbaud está agachado atrás de um arbusto, os galhos afastados por suas mãos trêmulas. Do outro lado do arroio Tayban na varanda do casebre, Patrício Garret ergue os braços, comemorando o fim da caçada a Gui-O-Guri. Um pequeno grupo de camponeses mexicanos testemunha a cena. Os dentes amarelados de Patrício Garret cacarejam um sorriso permeado de saliva. Nos olhos esbugalhados ele vislumbra a glória futura do feito, que logo correrá o oeste. O Colt 45 em sua mão ainda fumega, enquanto seus delegados cobrem a vizinhança, procurando por possíveis aliados do bandoleiro. As narinas de Patrício

Garret dilatam-se, mostrando a sujeira do seu interior, e sua garganta congela uma única palavra: "Morto...".

Arthur Rimbaud continua escondido entre as folhagens observando o que acontece a distância, até ser surpreendido por mãos que o agarram por trás.

Depois de tentar inutilmente se livrar, o francês enfim sucumbe à superioridade dos adversários, tombando por terra.

As luzes do tribunal se acendem. Arthur Rimbaud abre os olhos, as pálpebras enrijecidas pelos hematomas, e suas íris são invadidas pela luminosidade ainda incipiente do lugar. *e a abertura letal do olho para o seu consequente mergulho no livro, limpe as orelhas, testemunha inesperada desse evento, arregale as pálpebras, leitor desavisado:* Os pulsos estão atados, e a corda esfola a pele. Aos poucos, focaliza a imagem à sua frente e consegue distinguir no púlpito a figura paramentada do juiz com sua indefectível peruca. Com a audição prejudicada pelos tapas providenciados por delegados de Garret, Arthur Rimbaud capta apenas poucas palavras perdidas do que deduz como parte da sentença que o juiz proferia, "(...) *condenado* (...); *repatriação* (...)".

Acometido por um súbito mal-estar, deixou a cabeça pender. Ao olhar para os lados, pôde ver Patrício Garret entre as pessoas da audiência, com um sorriso debochado na cara. "O maldito...", pensou.

Já no cais, Arthur Rimbaud foi conduzido pelo agente federal a um navio cuja intensa movimentação no convés mostrava que estava prestes a zarpar. Próximo às amarras, o aturdido francês vê surgir, vencendo a neblina da manhã no píer e o emaranhado de cordas estendidas de lado a lado dos barcos, o nome do navio, pintado em letras garrafais na proa da embarcação: *Prince des Abissygnes*. A pupila de Arthur Rimbaud ilumina-se de imediato, desencrava-se do miolo profundo de seu córtex uma palavra negra, cingindo de uma beleza meio estúpida sua língua, que se contorce até o ponto de deixá-la escapar: "África…".

Os grumetes suam, entregues ao trabalho de transportar os baús de seus capitães, ao passo que estivadores negros experimentam o peso dos barris sobre os lombos. Enquanto vai à frente o eterno ruído de cascos do cais, o *Prince des Abissygnes* ruma para a linha do horizonte.

O perfil ardenês de Arthur Rimbaud recorta-se contra as cores do continente americano ao fundo. Ele aperta seu malévolo olho azul, lutando contra a fotofobia que luzes estridentes do crepúsculo lhe causam, e apoia-se na amurada do navio, vendo os raios percutirem na superfície do Atlântico. Os reflexos na água confundem sua visão, fazendo o traçado da arrebentação e a sequência de ondas metamorfosearem-se em linhas das páginas de um imenso livro.

Arthur Rimbaud aprecia aquela beleza em silêncio, seguindo as gaivotas que se entrecruzam no céu, enquanto o navio afunda, desaparecendo no turbilhão de páginas do livro-oceano. Apenas uma palavra escapa da sua boca: "Merda".

1.

Dos selos do envelope se desprende uma luz branca que desvanece a sombra do quarto. O reflexo nas lentes dos óculos de Fernando Pessoa insinua baús e estantes desaparecendo aos poucos, iluminados pela vastidão alva que cobre tudo, um branco mais branco do que os alinhados lençóis onde ele repousa.

Fernando Pessoa fecha os olhos e permanece assim por instantes, num silêncio profundo, o tronco estirado, movendo-se ao som suave de um acordeão vindo de alguma casa vizinha, depois abre-os para receber aquela brancura em cheio na cara, agora entremeada por nódoas de azul.

O chapéu de feltro é arrebatado pelo vento marinho, e Fernando Pessoa pode vê-lo afastar-se no céu distante, acompanhado das gaivotas, até não poder ser visto. O ressoar das ondas recrudesce, e ele percebe não estar mais na penumbra do quarto, afinal. Os respingos de uma enorme vaga irrompida contra as rochas atingem-lhe os óculos, "maldito refluir interminável", pensa, e assim reconhece as alturas escarpadas da Boca do Inferno. Abaixa o nariz para observar a ponta dos sapatos e localiza as profundezas enoveladas das águas lá no fundo, ondas espancando a orla e os violentos sulcos nas rochas feito registros daquela rotina eterna.

Fernando Pessoa enxuga as lentes, enquanto o refluxo da maré reúne forças e a superfície das pedras permanece exposta. Ele deduz que há uma estranha geometria aplicada na composição daqueles relevos. E reconhece a possibilidade de serem escrituras numa língua desconhecida, erodidas nas rochas, mensagens na praia endereçadas ao infinito. No entanto, não supõe o que possam significar. "Estarei imerso em rememorações, ou me desliguei do plano físico numa viagem astral, para vir ter novamente na Boca do Inferno?", indaga às gaivotas, furioso. Em pé, continua a observar as palavras grafadas nas pedras, até que são novamente cobertas pela ressaca. Assim, Fernando Pessoa constata que só poderia estar no dia 25 de outubro de 1930.

A tempestade se forma sobre o oceano. Fernando Pessoa olha o horizonte e enfia a mão no bolso de seu sobretudo em busca da garrafa, onde estaria, talvez esquecida em algum pesadelo, quem sabe num quarto de pensão, em algum botequim longínquo? Vasculha os bolsos e acha a cigarreira. Assim que a toca, inicia-se uma espetacular explosão de luzes sobre o mar, fogos de artifício disparados por algum transatlântico naufragando.

Com o corpo projetado para a frente, impelido pela força do vento, as mãos agarrando-se à lapela do sobretudo, Fernando Pessoa testemunha a aparição de Alistério Crowley ante suas lentes embaçadas. O mago flutua no ar em frente ao penhasco, envolto em gases inflamados e fedores, no centro de um hipercubo em chamas, mas uma estranha estática faz com que a aparição surja e desapareça como um rádio mal sintonizado em que a transmissão é continuamente interrompida pelo chiado das ondas eletromagnéticas. A Besta exibe um livro aberto à altura do peito com uma frase cujos caracteres enormes, FAZ O QUE DESEJAS SERÁ A LEI INTEIRA, depois de lidos, terminam por ceder lugar a uma infinidade de outras frases desconexas. A figura desnuda de Alistério Crowley alterna-se com uma diáfana imagem da Virgem de Fátima, "mas que sacrilégio o desse mago", imagina Pessoa, "teria sido uma de suas farsas, a aparição da Virgem, seria Crowley o responsável? Talvez esta não fosse sua primeira visita a Portugal afinal, talvez ele tivesse estado aqui em outubro de 1917, mas o que está acontecendo?". A alternância das substituições é tão rápida, de maneira às feições da Besta do Apocalipse e da Virgem se sobreporem, os traços confundindo-se entre céu e inferno.

Fernando Pessoa cambaleia, seu corpo vacila para trás, com a nítida sensação de que uma víbora se contorce em seu fígado, e levanta a garrafa, dando um gole na aguardente. *um viva à literatura, somente a literatura, fundadora da realidade que conhecemos através da linguagem, construtora de mundos, somente a literatura poderia deflagrar o fim de algo que ela mesma erigiu* Penetrando sua garganta, sente algo que, enojado, cospe para longe. Sobre o penhasco, iluminado por cores distorcidas pelo sol e sombra que antecedem tempestades, um verme enorme se debate.

Ao olhar para o oceano, Fernando Pessoa vê que a aparição de Alistério Crowley se firmou, agora ladeada por duas figuras femininas. Uma delas era certamente Miss Jaeger, e a outra possuía incrível semelhança fisionômica (já que a Fernando Pessoa não era possível comparar outros atributos que não esses) com a Santíssima Senhora das estampas baratas.

Alistério Crowley caminha no ar, as doze mamas trêmulas, e sua voz ecoa: "Astrólogo! Apesar de tua inegável proficiência, certos detalhes sórdidos desta história não pudestes prever", e continua, "Observa este livro em minhas mãos. Por quantas etapas ele precisou passar para atingir sua forma ideal? Por quais variações de pele, papiro, tinta e pigmento, desde a primeira colheita de juncos às margens do Nilo ou as cascas de árvore de Tsai-Lun, até as impressoras cilíndricas atuais? Decifra-me ou te devoro, Astrólogo!". Fernando Pessoa assiste às páginas do livro se movimentando, manuseadas por ninguém, apenas a força do vento a impelir suas folhas até que elas se fechem. "O que as move?", pergunta-se. Na capa, as imagens dos selos mudam sem cessar. "Por mais que me esforce, não consigo entender por que ainda insistes em me perturbar, senhor Esfinge", responde. "Pelo simples fato desta questão se relacionar com um mistério que muito lhe interessa, caro Astrólogo." E a Besta ergue o livro à altura dos óculos de Fernando Pessoa. Nos sete selos gira o mesmo cubo quadridimensional, fazendo sua improvável existência física parecer ainda mais convincente, causando náuseas em Pessoa. "Que mistério...", indaga, e o livro simplesmente desaparece, restando apenas os sete Tesseracts, flutuando diante do sarcasmo de Alistério Crowley: "Como um poeta sobreviveria a um mundo sem livros, Astrólogo? Preferiria vaticínios babujantes aos crédulos diante das fogueiras noturnas ou voltaria a rabiscar com carvão as paredes da gruta?".

As bruxas iniciam uma dança sincronizada sobre o precipício, riscando o ar com seus pés unhudos. Fernando Pessoa observa nas nuvens os rastros deixados por seus passos. "Ocupo-me apenas com o palpável, Crowley. Não há a menor possibilidade de gastar meu escasso tempo com conjecturas sem relação nenhuma com o futuro. Toda minha energia dedico-a, na verdade, ao esforço da construção de uma boa parcela do porvir. Só por isso escrevo." Num rápido movimento, os sete hipercubos fundem-se, orientados pela coreografia das assistentes da Besta, conformando um gigantesco Tesseract. "E um aspecto interessante a respeito de livros", continua Fernando Pessoa, "é que há sempre apenas uma pessoa a se reunir ao livro, não uma audiência. Sou eu, o escritor e você, o leitor, e estamos juntos nesta página, que é o mais íntimo local onde a consciência humana jamais pôde se reunir. E por isso livros nunca morrerão. É impossível, sendo a única oportunidade que temos para penetrar a mente de outrem, e reconhecermos nossa comum humanidade fazendo isso. Então, o livro não pertence somente ao escritor, mas ao leitor também, e só assim realiza-se. Como poderíamos descuidar-nos de sua existência?" Um risinho de escárnio ilumina os caninos de Alistério Crowley, "Surpreende-me tanta convicção num autor de apenas uma brochura publicada. Não consideras o infortúnio de tantos originais a atulharem o teu baú? E por que fidelidade a um suporte que tanto desconsidera tuas preciosas obras-primas? As marcas nas rochas lá embaixo darão seu recado aos geólogos no futuro. Seria mais sábio inscrever em pedras." "Não há fim para minha ambição, pois almejo nada além da perfeição, *a l'oeuvre on connait l'artisan*, afinal, e folhas de papel são tão voláteis quanto ideias, ou tão permanentes quanto. Isso depende da sinceridade do artista, e chega de questões estapafúrdias", resmunga Pessoa. O Tesseract envolve Alistério Crowley, enquanto Miss Jaeger e sua misteriosa companheira intensificam a dança ritualística. O hipercubo gira, acelerando os rodopios. No centro dele, a Besta cede lugar à imagem da Virgem, enquanto suas assistentes desaparecem e assim sucessivamente as figuras se intercambiam, o cubo desloca-se, atingindo o sol em seu zênite, substituindo-o em sua plenitude, até o astro rei sumir por completo.

O silêncio toma conta do oceano. Fernando Pessoa observa o hipercubo girando no epicentro do céu sobre a Boca do Inferno enquanto uma suave voz feminina murmura em seu ouvido: "Prepara-te, Astrólogo, pois é chegado o fim das coisas perfeitas. Está inaugurado o tempo do Intangível". Então a voz cala-se, restando apenas o zunido do vento pelo despenhadeiro.

Olhando atordoado para uma réstia de sol no forro do teto, Fernando Pessoa desperta. "Preciso diminuir com a aguardente", pensa. A roupa e suas meias amarfanhadas sobre a cômoda não amenizam a culpa. Levanta-se, o corpo dolorido, até alcançá-las, retirando-as de cima do envelope e da cigarreira. "Este maldito objeto....", grunhe. Na sua tampa de prata, apenas o cubo em alto-relevo. "Chegou o momento, é a hora, não há mais por que esperar", e desloca o fecho da cigarreira, abrindo-a. As prateleiras da estante à sua frente abrigam sua comprimida biblioteca. Fernando Pessoa observa as lombadas dos livros tornando-se opacas, os títulos, nomes de autores, marcas das casas editoriais, os defeitos nas conhecidas sobrecapas de couro, suas digitais impressas nas capas dos volumes, até que desapareçam por completo. Do interior da cigarreira surge um hipercubo cujas arestas iluminam o quarto. Fernando Pessoa aperta os olhos para suportar a luz e vê sobre seu criado-mudo uma bela edição de *Folhas da relva* de Whitman também desaparecer. O som de um realejo vindo de uma esquina distante trespassa as venezianas de madeira e atravessa o quarto, ressoando no ar sobre os móveis que se desintegram. Fernando Pessoa fica ali, sentado, enquanto testemunha a extinção do seu mundo.

O BISPO DE MACAU

É O CARALHO. Marcando a fala com um tapa no balcão, saí sem pagar a conta, à deriva entre mesas, de vela desfraldada, olhando praquele decote logo ali ou deixando a perna roçar esse par de coxas bem aqui no meio do caminho até a porta. Chegando à calçada, notei que a velha lua do Bexiga insistia iluminando, estacionada no mesmíssimo lugar. Desdenhando sua cara de bunda cheia de acne, desaguei no manancial de gente diante do Bar do Norte e desci a Manoel Dutra no sentido da Santo Antônio. Ao circular a janela, mandei uma banana pros alvoroçados que, ainda pasmos, me chamavam pra voltar. É O CARALHO, e digo mais, imaginem só a seguinte história, berrei pros idiotas, enquanto se aprumavam sobre o peitoril para me ouvir melhor: a irmã Lúcia, à beira da morte, revela o teor do terceiro segredo de Fátima numa carta que é lacrada e enviada ao Bispado de Leiria, para que o papa Pio XI a leia. Pio XI declina desse direito, e assim o faz seu sucessor, Pio XII. Ah, não, vai insistir nessa porra-louquice, pombas, berrou um bêbado da janela, me interrompendo. É O CARALHO, porra-louquice é o caralho. Em 17 de agosto de 1959, continuei, João XXIII recebe a carta com o segredo e, depois de muito hesitar, dispõe-se a lê-la na presença do seu confessor. É aí que reside o ponto alto da anedota, ressalto aos parvalhões, como nem o Santo Padre muito menos seu confessor entendiam patavinas de português, foram obrigados a convocar às pressas para traduzir o texto um certo monsenhor Paulo José Tavares, à época conselheiro para assuntos lusitanos do Vaticano, ou tradutor português da Secretaria de Estado, sei lá, e que depois (muito provavelmente um incentivo à sua discrição) chegaria ao posto de bispo em Macau. O fato é que a revelação do maior segredo da Igreja Católica, fechado a sete chaves por décadas num cofre em Roma, ocorreu nas fuças de um mero burocrata. Tudo lindo, maravilhoso, a Igreja decidiu calar por outros quarenta anos, e o terceiro segredo de Fátima tornou-se um dos grandes enigmas do século XX. Quer dizer, isso se o tal conselheiro lusitano não fosse uma pessoa de caráter instável, dado ao mulherio e às cachaçadas (aliás, como todos vocês, imbecis), com inegável talento para escândalos, negociatas, o escambau. Em 1966, dom Paulo José Tavares foi exonerado de seu posto de bispo em Macau, por comprovado envolvimento com a Shui Fong, o braço macauense da máfia chinesa, e assim viu seu reinado na península da Penha derruir. O santo homem se meteu com o negócio do ópio e tráfico sexual de crianças, entre outras coisinhas, comprovando o dito de Auden que descreve Macau como "a erva daninha da Europa católica". Por coincidência (concluiria um obtuso), em fevereiro de 67, logo após sua expulsão da Igreja, o cardeal Ottaviani proferiu um discurso na Pontífica Academia Mariana, em Roma, desmentindo boatarias a respeito do terceiro segredo. Ottaviani afirmou então que o segredo permaneceria em sigilo, e que ninguém, além do papa João XXIII, lera a carta escrita por irmã Lúcia (uma grande falácia). Coincidentemente (diria o retardado) alguns meses depois, o bispo desembarcava no Rio de Janeiro, patrocinado por dinheiro católico apostólico romano, e por ali ficaria, vivendo na periferia carioca por uns trinta anos.

Uma tremenda vaia fez-se ouvir, e os panacas rebolantes e sarristas começaram a trincar seus copos uns nos outros, brindando à furiosa mitomania que me movia, os desqualificados. Levantei minha voz acima de seus latidos e continuei: pois bem, solucem, estrebuchem e o cacete, mas a verdade é que, ano passado, quando fui ao Rio cobrir as finais do Brasileiro, descobri essa história. Um fotógrafo do Diário *de Lisboa me contou tudo, e disse que o bispo vivia no subúrbio de Ramos, com uma mulata, dono de um botequim, coisas do gênero. Interessado pela história (claro, o repórter Faro-Fino-Olho-Vivo, expeliu a boca de um pulha, desintegrado com um mero olhar de esguelha) deixei o Maracanã e me mandei pro sopé do Morro do Adeus, entre Ramos e Bonsucesso. Ao lá chegar, o bar alvoroçado pelas ale-*

luias esvoaçantes em torno das lâmpadas amareladas, havia apenas o português pançudo atrás do balcão. Do seu cabelo escuro escorria um grosso óleo pelo rosto em gotas reluzindo a mercúrio (o mais puro azeite lusitano, grunhiu outro panaca). Pude ver uma negra maravilhosa lançando um olhar terrível em minha direção, através da cortina de fitas que separava o bar da cozinha. Pedi cerveja gelada e abri o jogo com o cara: queria entrevistá-lo. O portuga fez um muxoxo e, para minha surpresa, começou a falar. O bispo estava pra lá de bêbado (senti pelo bafo, assim que abriu a boca) e, depois de confirmar a história, começou a narrar seu delírio. Contou-me sobre um evangelho redigido em grego, uma espécie de apocalipse apócrifo, um verdadeiro segredo de Estado no Vaticano (porra, mais invencionice, puta que pariu!, ganiu outro gemebundo, mandei-o à merda e prossegui). O tal texto trazia uma estranha profecia prevendo o fenômeno que ocorreria em Fátima, nomeando a região exata das aparições, de acordo com a disposição geográfica do período em que foi escrito. O apocalipse era contemporâneo de Cristo, claro, não podia faltar, claro, o viado tinha que meter Cristo na história, claro, vai tomar no cu, ouvi alguém dizer, não dando atenção, claro, o apocalipse havia sido escrito por um monge essênio, a seita judaica à qual, dizem, Cristo e São João Batista pertenceram, ortodoxos que viviam no deserto, ascetas cuja filosofia (dizem, dizem) está na base do pensamento cristão. Além disso, a estrutura literária do tal evangelho assemelhava-se à do Apocalipse canônico, com a diferença de que, naquele, os sete anjos eram designados, com informações precisas de onde surgiram no futuro, o profeta essênio arriscava-se até a lhes atribuir nomes (nomes gregos, é óbvio, comentou outro estúpido da minha pequena plateia cretina) e substituía as copiosas alegorias fantásticas descritas pelo são João de Patmos por eventos mais concretos.

A tesuda estátua de ébano com chispas de fogo nos olhos volta e meia dava as caras, para sacar o rumo daquele papo interminável. O bispo desnovelando sua fábula com voz pastosa, mas uma clareza límpida no narrar, enquanto a cachaça rolava e lá fora uns pingos grossos começavam a explodir nos paralelepípedos. Por causa das idiossincrasias idiomáticas do texto (quando o escreveu, Lúcia estava havia muitos anos enclausurada num monastério na Espanha) o bispo (à época, monsenhor) recebeu autorização para estudar a carta a sós por instantes, tempo suficiente para fazer uma cópia. Contrapondo a carta ao apocalipse apócrifo, o bispo começou a estabelecer conexões e durante anos desenvolveu uma teoria hilária, interpretação delirante dos fatos e imagens descritos nos vaticínios, a coisa foi piorando (e as conexões melhorando, alguém opinou, infeliz) quando foi transferido para Macau. O uso frequente do ópio macauense, com seu alto grau de pureza, elevou seu poder de dedução, e ele passou a designar os sete anjos do Apocalipse, estudando a etimologia dos nomes gregos do símile essênio, e em quais circunstâncias foram rompidos os sete selos que detonariam a proliferação de pragas de toda espécie, até o Armagedão, o fim de tudo. Os anjos apocalípticos do bispo eram figuras inacreditáveis, cujos prenomes ele traduzia, soando muito esquisitos, "um viva à literatura", dizia o bispo, "somente a literatura, fundadora da realidade que conhecemos através da linguagem, construtora de mundos", balbuciava o bispo, "somente a literatura poderia deflagrar o fim de algo que ela mesma erigiu", cuspia o portuga, os olhos injetados, "o que a linguagem construiu só ela terá o poder de destruir", e continuou a narrar sua história delirante, recheada de datas e lugares, minúcias que, conforme a bebedeira aumentava, eu deixava escapar, nós dois debruçados sobre o balcão, sua barba coberta de restos de saliva e comida, enquanto ele me falava exultante de seus anjos apocalípticos da literatura, William Burroughs, "Burgos", ele dizia, engolindo letras à lusitana, e Arthur Rimbaud, Isidore Ducasse, Fernando Pessoa, Torquato Neto, Raymond Roussel, Aleister Crowley, narrando os encontros tidos por eles, nos quais os tais selos foram rompidos, e outras personagens surgiam de sua fala alcoólica, Billy-The-Kid, Jimi

Hendrix, Pio XI (mas quem está ficando bêbado é você, cantarolou o coro dos bebuns, às gargalhadas, eu nem aí), conforme os encontros entre os diversos personagens da história do bispo ocorriam, ele pontuava a história com seus questionamentos, "onde está o ponto em comum entre a carta de Lúcia e o apocalipse apócrifo, onde está?", perguntava o bispo, me empurrando pelos ombros sob aquela enxurrada de nomes, locais e datas, "onde está a base do terceiro segredo?", olhando para os meus olhos, a luz amarela atrás de sua cabeleira desgrenhada, as aleluias girando em torno da lâmpada, seus dedos crispados para mim, ameaçadores, "onde está?", "não sei, não sei, continue", murmurei, "continue", "será que o fim da mais estreita relação entre duas pessoas", "continue", "existente nas páginas de um livro, esse não lugar, essa bolha de comunicabilidade íntima, onde trocamos nossos fluidos", "continue", "nosso magma, o mais fino produto de nosso cérebro, nossa imaginação, será que o fim dessa relação não seria suficiente", "continue, continue", "onde está a relação entre a carta de Lúcia, entre o terceiro segredo de Fátima e o apocalipse apócrifo, não seria suficiente a ausência dessa possibilidade, a possibilidade do encontro entre o escritor e o leitor num espaço livre de censura, um lugar utópico" (olha, o cara tá pirando. É O CARALHO, não me interrompam, gritei, as caras de reprovação dos paus-d'água bem no alvo), "um lugar utópico despencando na banalidade, e em breve proibirão a utilização de árvores para a fabricação de papel, a farsa, o engodo que me revolta, fundamentalistas vendo na adoração à mãe de Cristo uma forma de preservar a fé católica, a encenação de um bruxo piadista usada pela Santa Madre Igreja; sim, o fim de todas as formas de crença, os Sagrados Corações de Maremme, sim, a Organização de Fátima e a arma biológica antraz, os atentados ocorridos na França em fins dos anos 70, o envolvimento da Congregação para a Doutrina da Fé, uma verdadeira guerrilha subterrânea ocorrendo, lá fora, na escuridão, sob a chuva, nos observando, não lhe diria dos atentados feitos com livros conta-

minados por antraz, a bactéria usada pelos africânderes para envenenar poços d'água dos bairros negros de Johannesburgo durante o Apartheid, o atentado atribuído aos Sagrados Corações de Maremme, seita católica radical, que em 5 de novembro de 1978, num espaço pago no Le Monde, *anunciou o teor do terceiro segredo de Fátima, despertando o ódio dos cus-de-ferro da Congregação para a Doutrina da Fé, que moveram céus e terra para convencer a opinião pública de que nada daquilo procedia, que tudo não passava de falsificação de fanáticos fundamentalistas em busca de notoriedade, os mesmos CDF que anunciaram em 26 de junho de 2000 uma versão totalmente adulterada da carta de Lúcia; somente a literatura poderia deflagrar o fim de algo que ela mesma erigiu, qual a relação entre a verdadeira carta de Lúcia e os Sagrados Corações de Maremme, sim, o vulto inalcançável do sentido se afasta, se esconde, passa por aqui e, de repente, não está mais em lugar nenhum, ele dizia, "qual o maior símbolo da cultura humana deste milênio que se esvai", ele repetia, "o que poderia representar melhor o final da humanidade assim como a conhecemos, sim, como a conhecemos?, os Sagrados Corações de Maremme infectaram as páginas de três bíblias com antraz, sim, três bíblias representando os três segredos de Fátima, e enviaram essas três bíblias a três altos sacerdotes da Igreja Católica: os três morreram assim que leram o primeiro versículo, assim que tocaram a língua para umedecer as pontas dos dedos, pela língua, pelos olhos e pelo livro, assim deve ser, prega a ordem máxima dos Sagrados Corações de Maremme, assim escreveu o líder alucinado da Organização de Fátima, pela língua, pelos olhos e pelo livro: um paraíso esquecido por todos, banalizado a ponto de ninguém mais reconhecê-lo como tal, o paraíso desfigurado pela falta de interesse, será que não seria suficiente, somente a literatura pode terminar o que começou, não seria suficiente, o fim do livro e, em consequência, o fim do mundo, ao menos deste mundo, como o conhecemos?".*

O tom amarelo das lâmpadas do bar invadiu a pele do bispo, e ele, parando um segundo para respirar, levantou-se do balcão. Pude ver a negra também me censurando, assim como os pés-sujos, lá dentro do boteco, através da cortina de fitas, enxugando as mãos com uma toalha imunda, "ao menos deste mundo, como o conhecemos", repetiu em voz baixa o bispo, a negra agilíssima atravessou a cortina, vindo em nossa direção, "por hoje chega, cai fora, cara", e levantou o portuga, colocando seu pescoço sob o sovaco, os chegados aplaudiram, o bispo cambaleante ergueu-se, cuspindo, "acta est fabula", murmurou, bêbado, e observei-os atravessando o bar em direção à cozinha, os caras se dispersando rumo ao mijódromo, "acta est fabula", sua voz pastosa desaparecendo nos fundos do boteco mal iluminado. Mas você é um bosta, mesmo, fazer a gente perder tanto tempo com uma história bunda dessas, diz um dos zé-manés remanescentes. É O CARALHO: sou um grande contador de histórias, cara. "Acta est fabula", ecoou a voz do bispo na minha voz. Joguei o resto de cerveja quente no meio-fio e me mandei, dizendo-lhes pela última vez: É O CARALHO.

0.

O Universo é um imenso livro.

MOHYDDIN IBN-ARABI

Lúcia abre os olhos devagarinho. Uma procissão de cenas começa a desfilar pelo teto de sua cela, o papa deposita a cápsula da bala no pé do altar dedicado à Virgem, um cardeal profere falsidades a respeito do real teor do terceiro segredo diante de um mar de gente, o saltimbanco fantasiado de diabo vermelho manipula pequenos bonecos, encenando a aparição da Senhora ante uma multidão de curiosos, o barbado de olhos injetados cospe sua narrativa interminável ao ouvinte resignado, os dois à sombra da nuvem de insetos que volteia a lâmpada, Lúcia corre pelas colinas da Cova da Iria, ao seu redor pequenos diabinhos vermelhos penduram-se nas ameixeiras e ela abre lentamente os olhos.

A irmã titubeia, fecha as pálpebras e levanta-se. Com os olhos fechados, apavora-se com o silêncio do convento. Cuidadosa, apoia um pé descalço no chão frio da cela, depois o outro. Nesse mesmo momento, o vácuo silencioso do quarto é preenchido por um ruído metálico de casco de animal, e a freira estaca. Abrindo os olhos, força a vista tentando enxergar algo no canto mais escuro do cômodo. Uma coisa viva se move lentamente ali na escuridão, e é possível definir uma silhueta corpulenta que vem em direção à mínima claridade, iluminando o centro da cela. Quando a freira identifica certos detalhes dos contornos, uma cauda ondulante movendo-se de um lado para outro, odor de madressilvas e um par de asas, as patadas metálicas contra o piso aumentam, irrompe um jorro de luz, e Lúcia não enxerga mais nada.

Uma voz suave a faz afastar as mãos dos olhos, "Tranquilize-se, minha filha. Eis-me aqui, para que cessem seus infortúnios". Na presença de Lúcia, a aparição da Virgem flutua no centro de um cubo luminoso girando no espaço. A luz a emanar de suas arestas é tanta que apaga paredes, grades, móveis, tudo sendo trespassado pela energia branca que dilui divisas, estruturas e alicerces, "Vim para dizer-lhe que é hora de libertar-se de suas angústias e revelar ao mundo o Segredo. Não há mais sentido na ignorância da humanidade em relação ao vazio do seu futuro".

Lúcia observa o livro que a Senhora traz fechado nas mãos. Sua capa de couro de carneiro traz sete selos, cada um deles uma diferente imagem. O primeiro tem um velho estirado numa cadeira, no céu sobre sua cabeça há um cubo de luz idêntico ao que envolve a Virgem. No segundo selo há um senhor distintamente vestido ao lado de um estranho carro em forma de caracol, carregando em sua traseira algo semelhante a uma casa, ao fundo há um deslumbrante palácio. No terceiro selo, dois rapazes de cabelos compridos, um branco e outro negro, e há um raio unindo os punhos que apontam um em direção ao outro. No quarto selo aparece a imagem de outro jovem observando o trem distanciar-se, ele está de costas, mas é visível um livro debaixo de seu braço. O quinto selo mostra um moço espadaúdo em mangas de camisa que carrega dois baldes à margem de um riacho, ao longe um círculo de pessoas envolve um homem de revólver na mão com aspecto triunfante. No sexto selo há um imenso despenhadeiro, sobre ele um cavaleiro luta contra o vento impiedoso. O sétimo selo reproduz a cela do Convento das Irmãs Dorotianas onde Lúcia se encontra, nele a freira vê-se ajoelhada. Diante dela há um admirável cubo de luz que gira em velocidade alucinante, dentro do cubo há um livro levitando no ar, na capa desse livro existem sete selos, no primeiro selo surge alguém com códice em punho e coroa montando um cavalo branco, no segundo aparece um cavalo vermelho, sobre o cavalo um homem empunha um pergaminho, o terceiro selo estampa outro corcel, agora negro, quem o monta carrega um incunábulo na mão, no quarto selo a Morte conduz um cavalo amarelo, sob seus braços esquálidos carrega um in-oitavo cujas páginas estão soltas, o quinto selo exibe as almas dos que morreram por causa do livro de Deus e do testemunho que deram, um sol negro desponta no sexto selo, as estrelas despencam sobre a terra e o céu recolhe-se como um pergaminho que se enrola no sétimo selo, onde existe um enorme silêncio e figuram sete anjos, e eles têm as mesmas feições dos homens dos sete selos do livro que a Virgem de Fátima sustenta diante de Lúcia. A freira ouve então a voz da Senhora: "Vem e toma o livro que está aberto em minha mão, enquanto aqui me acho, em pé sobre este hipercubo girando entre céu e terra". Lúcia lhe obedece, retirando o livro de suas mãos, "Coma-o, ele tornará suas entranhas amargas, mas em sua boca permanecerá doce como mel". Lúcia devora o livro, apreciando seu adocicado sabor, mas depois de o engolir sente o ventre ficar amargo. Então, ouve da Virgem: "É necessário que profetizes outra vez a muitos povos, nações, línguas e reis". Quando levanta os olhos, a Senhora, o cubo e as luzes haviam desaparecido.

Seus joelhos desprendem-se suavemente do chão, dolorosas pedrinhas ainda coladas à rótula. Põe-se de pé, recompondo sua postura empertigada, e dirige-se com passos largos à folha de papel em branco que a aguarda sobre a escrivaninha.

Tuy, 3-1-1944

Escrevo em acto de obediência a Vós Deus meu, que mo mandais por sua Ex.cia Rev.ma o Senhor Bispo de Leiria e da Vossa e minha Santíssima Mãe. Depois das duas partes que já expus, vimos ao lado esquerdo de Nossa Senhora um pouco mais alto um Anjo quadridimensional com uma espada de fôgo em a mão esquerda; ao centilar, despedia chamas que parecia iam encendiar o mundo; mas apagavam-se com o contacto do brilho que da mão direita expedia Nossa Senhora ao seu encontro: O Anjo apontando com a mão direita para a terra, com voz forte disse: Penitência, Penitência, Penitência! E vimos n'uma luz emensa o Cubo que é Deus: "algo semelhante a como se veem as pessoas n'um espelho quando lhe passam por diante" um Bispo vestido de Branco "tivemos o pressentimento de que era o Santo Padre". Vários outros Bispos, Sacerdotes, religiosos e religiosas subiam uma escabrosa torre, no cimo da qual estava uma grande Cruz de troncos toscos na forma do Cubo como se fôra de sobreiro com a casca; o Santo Padre, antes de chegar aí, atravessou uma grande biblioteca meia em ruínas, e meio trémulo com andar vacilante, acabrunhado de dôr e pena, ia orando pelas almas dos Livros que encontrava pelo caminho; chegado ao cimo do prédio, prostrado de juelhos aos pés da grande Cruz foi morto por um grupo de soldados que lhe disparam varios tiros e setas, e assim mesmo foram morrendo uns trás outros os Livros, libretos, brochuras e livretes e varias formas seculares, rolos de papiros de varias espessuras e disposições. Sob os dois braços da Cruz estavam dois Anjos cada um com um regador de cristal em a mão, n'êles recolhiam o sangue dos Martires escritores e com êle regavam as almas dos livrinhos que se aproximavam de Deus.

... de obediência a Vós Deus meu, que mo mandou ... a Rev.ma o Senhor Bispo de Leiria e da Vossa e ... Mãe. Depois das duas partes que já expus, vimos ... esquerdo de Nossa Senhora um pouco mais alto um Anjo quadridimensional com uma espada de fôgo em a mão esquerda; ao centilar, despedia chamas que parecia iam encendiar o mundo; mas apagavam-se com o contacto do brilho que da mão direita expedia Nossa Senhora ao seu encontro: O Anjo apontando com a mão direita para a terra, com voz forte disse: Penitência, Penitência, Penitência! E vimos n'uma luz emensa o Cubo que é Deus: "algo semelhante a como se veem as pessoas n'um espelho quando lhe passam por diante" um Bispo vestido de Branco "tivemos o pressentimento de que era o Santo Padre". Vários outros Bispos, Sacerdotes, religiosos e religiosas subiam uma escabrosa torre, no cimo da qual estava uma grande Cruz de troncos toscos na forma do Cubo como se fôra de sobreiro com a casca; o Santo Padre, antes de chegar aí, atravessou uma grande biblioteca meia em ruínas, e meio trémulo com andar vacilante, acabrunhado de dôr e pena, ia orando pelas almas dos Livros que encontrava pelo caminho; chegado ao cimo do prédio, prostrado de juelhos aos pés da grande Cruz foi morto por um grupo de soldados que lhe dispararam varios tiros e setas, e assim mesmo foram morrendo uns trás outros os Livros, libretos, brochuras e livretes e varias formas seculares, rolos de ... varias espessuras e disposições. Sob os dois braços da ... vam dois Anjos cada um com um regador de cristal ... n'êles recolhiam o sangue dos Martires escritores e ... vam as almas dos livrinhos que se aproximavam de Deus.

... de Obediência e Vos Dava mais, que no mais...
... Rei-nos o Senhor Bispo de Leiria e da Vossa...
... Mãe. Depois das duas partes que se expres...
... esquerda de Nossa Senhora um pouco mais alto
um Anjo quadridimensional com uma espada de fogo em a mão
esquerda, se sentikar, despedia chamas que parecia iam incen-
diar o mundo, mas apagavam-se com o contacto do brilho que da
mão direita expedia Nossa Senhora ao seu encontro. O Anjo
apontando com a mão direita para a terra, com voz forte disse:
Penitência, Penitência, Penitência! E vimos n'uma luz imensa o
Cabo que é Deus 'algo semelhante a como se veem as pessoas
n'um espelho quando lhe passam por diante' um Bispo vestido de
Branco 'tivemos o pressentimento de que era o Santo Padre'.
Vários outros Bispos, Sacerdotes religiosos e religiosas subiam
uma escabrosa torre, no cimo da qual estava uma grande Cruz
de troncos toscos nas formas do Cabo como se fora de sobreiro com
a casca; o Santo Padre, antes de chegar aí, atravessou uma
grande biblioteca meia em ruínas, e meio trémulo com andar
vacilante, acabrunhado de dor e pena, ia orando pelas almas dos
livros que encontrava pelo caminho; chegado ao cimo do prédio,
prostrado... melhor, aos pés da grande Cruz foi morto por um
grupo... soldados que lhe dispararam vários tiros e setas, e assim
... morrendo uns, três outros, os Livros. Livros...
... ces e várias formas seculares, não se...
... susse disposições. Sob os dois braços...
... Anjos cada um com um regador de cristal...
nes, recolhiam o sangue dos Mártires escritores e com
... as obras dos Irmãos que se aproximavam de Deus...

Os anjos anunciadores desta revelação

William Burroughs, escritor americano, uma das criaturas mais idiossincráticas a pisar neste planeta, "um alienígena entre alienígenas, o supremo pato bizarro", segundo seu obituário no *The New York Times*, nascido em 5 de fevereiro de 1914 em Saint Louis, herdeiro da fortuna do avô homônimo, o inventor da máquina de calcular. Depois de assassinar a esposa Joan Vollmer numa malfadada brincadeira de Guilherme Tell e cultivar maconha numa fazenda no Texas, Burroughs vagou por diversas regiões do planeta em busca de sexo e drogas, do Peru a Tânger, cidade em que viveu por muitos anos, até retornar aos Estados Unidos, onde morreu em 2 de agosto de 1997, o dia em que se passa sua participação nesta história. As numerosas referências científicas em sua obra qualificam-no para ser a testemunha do evento improvável que é o surgimento de um Tesseract. Durante os últimos anos de sua vida errática, a imagem de William Seward Burroughs não representava apenas o grande escritor que ele de fato era, e sim uma espécie de personagem de si próprio, eminência

O Tesseract em duas diferentes perspectivas.

Mr. Burroughs mandando bala na literatura.

parda das vanguardas porra-loucas do planeta, um ícone pop cujo amplo espectro de abrangência seria impossível ser previsto, nos idos anos 50 do heroico período da Beat Generation. Desde o regresso a seu país, Burroughs foi repetidamente requisitado a aparecer em filmes, vídeos e discos. E, como não poderia deixar de ser, convidei-o para este livro também.

Raymond Roussel nasceu em Paris, em 20 de janeiro de 1877. Filho de pais abastados, era um megalômano inconformado com a dificuldade do público em reconhecer-lhe a genialidade. Herdeiro das excentricidades de sua mãe, Marguerite Moreau-Chaslon, que costumava viajar com médico, cozinheiro e respectivas famílias a reboque, além de seu caixão, Roussel empreendeu longas viagens para Índia, Taiti, Japão, China e Austrália, países observados apenas pela escotilha de seu iate, sem que pusesse os pés em terra. Certa vez, instado pela amante Charlotte Dufrène que enviasse um *souvenir* raro de uma viagem à Índia, Roussel despachou-lhe um radiador, alegando ser a coisa mais singular que por lá encontrara. Criador invulgar, de uma imaginação delirante, patrocinou todas as

A roulotte, o trailer criado por Raymond Roussel.

suas peças e livros, acreditando equivocadamente escrever ao gosto de seus contemporâneos, e por isso não se conformou ao atrair apenas a atenção dos jovens surrealistas, que o adotaram como uma espécie de deus vivo. O livro *Nouvelles Impressions d'Afrique* é um indiscutível *tour de force* de sua imaginação tortuosa, devassada pelo pioneiro da psiquiatria Pierre Janet em seu estudo *De l'Angoisse à l'Extase*. *Nouvelles* é um vasto e intransponível labirinto criptográfico, onde uma mesma palavra tem vários sentidos, passando-se até vinte páginas sem a ocorrência de um único verbo. O encontro de Roussel com Pio XI aqui descrito bem teria sido possível, já que foi o Santo Padre quem enviou o núncio para visitar sua *roulotte* no Salão de Paris, em 1926. O papa Pio XI foi o responsável pela política católica que rejeita a contracepção e o aborto, autor da célebre frase "todo espermatozoide é sagrado". Em março de 1933, Raymond Roussel incluiu um último desejo em seu testamento, o de que "encarecidamente" lhe fizessem "(...) uma incisão profunda numa veia do pulso, para não haver o perigo de ser enterrado vivo". Sua vontade não precisou ser cumprida, pois ele mesmo se encarre-

Raymond Roussel, "o Presidente da República dos Sonhos".

gou de executá-la, falecendo em 14 de julho do mesmo ano.

Torquato Neto (Teresina, 1944 – Rio de Janeiro, 1972) é o vampiro dos filmes super 8, o menino triste, poeta das canções mais emblemáticas da Tropicália. Ninguém fala de Torquato. Por que ele se matou, abrindo o gás no banheiro de seu apartamento? Excesso de pinga, ácido, ou só tristeza? Ninguém fala nada de Torquato, dos períodos em que se internou no hospício em Teresina, das duras que levou do DOI-CODI quando fazia a coluna Geleia Geral no *Jornal do Brasil*, de seu autoexílio na Inglaterra. Não sabemos nada de Torquato Neto, a não ser que se encontrou com Jimi Hendrix, o maior guitarrista do rock'n'roll, e não só.

Isidore Ducasse não existiu. Ou terá existido? Existiram Ducasse, Maldoror e Lautréamont, todos convivendo conflituosamente na carcaça superpovoada do rapaz de ascendência francesa, nascido em Montevidéu a 4 de abril de 1846? A verdade é que pouco se sabe de Ducasse, seus documentos se perderam com o tempo e dele não restou uma foto sequer (há dúvidas sobre a foto aqui reproduzida). Somente três anos depois de sua

Única imagem conhecida do Conde de Lautréamont.

IV

morte (ocorrida em 24 de novembro de 1870) o pai, um chanceler francês residente no Uruguai, resgatou-lhe os pertences na França. Certo é que sua obra permaneceu e mudou a arte, influenciando surrealistas e outros movimentos de vanguarda do início do século xx. Ducasse foi despachado pela família à cidade francesa de Tarbes aos treze anos de idade para estudar, onde viveu por sete anos em diferentes internatos, retornando a Montevidéu em maio de 1867. Alguns meses depois e lá estava ele de volta a Paris, tramando a publicação dos *Cantos de Maldoror*. Um encontro com Charles Baudelaire poderia ter acontecido, com a mãozinha do acaso. A essa época o grande poeta das *Flores do Mal* estava muito doente, e logo morreria, em agosto de 1867. Mas quem sabe, durante uma baldeação de trens numa estação escura ou na penumbra das esquinas parisienses, durante um passeio de convalescência?

Charles Baudelaire fumando haxixe, por ele mesmo.

Arthur Rimbaud, genial poeta francês nascido em Charleville a 20 de outubro de 1854, um astro fulgurante que torrou sua poesia dos 17 aos 19 anos e depois escapuliu rumo à África, aos terrenos da mitologia, indo traficar armas e marfim na Abissínia, abandonando a literatura. Entrementes, depois de diversas atribulações europeias na companhia de Paul Verlaine, culminadas com o tiro disparado por este e a sua consequente prisão (Bruxelas, 1873), Rimbaud intercalou temporadas na casa da família em Roche (quando escreveu *Un Saison en Enfer*) com viagens a Chipre, onde trabalhou na construção civil. Essa etapa na ilha é considerada imediatamente anterior ao seu mergulho no inferno africano. Porém, mediante uma tentativa sua em alistar-se na marinha americana (Bremen, 1877), não seria de todo improvável imaginar Rimbaud na América. E que encontro memorável teria sido o de *Rimbe* com Billy-The-Kid, o lendário bandoleiro morto aos vinte e um anos, com vinte e uma mortes nas costas, uma para cada ano de vida. Não são poucas as semelhanças entre os dois *énfants terribles*, a mais evidente delas sua pouca idade, mas também o temperamento irascível, o desapego a tudo e todos e o amor pela estrada aberta. Billy-The-Kid foi traído e assassinado por seu ex-comparsa Pat Garret, que uniu-se às forças dos latifundiários para caçá-lo. Arthur Rimbaud, diferentemente, traiu a poesia e também Paul Verlaine, abandonando-o

Arthur Rimbaud, num de seus autorretratos feitos na Abissínia.

Billy-The-Kid é despachado por Pat Garret.

à própria sorte em sua prisão belga. Morreu em Marselha, em 10 de novembro de 1891.

Aleister Crowley, mago e poeta, nascido próximo a Stratford-upon-Avon em 12 de outubro de 1875, nunca primou pela modéstia, como podemos ver por este trecho de sua autobiografia: "(...) estranha coincidência que um condado tão diminuto tenha dado à Inglaterra seus dois maiores poetas... sim, pois não nos esqueçamos de Shakespeare". Ainda na infância foi identificado pela mãe como a Besta do Apocalipse, aquela cujo número é 666, desenvolvendo uma aguda percepção mágica após ser atingido por grave explosão. Conhecido por sua crueldade, Crowley testemunhou a morte da primogênita, a quem teve a sensatez de chamar Nuit Ma Ahathoor Hecate Sappho Jezebel Lilith, e simplesmente levou sua primeira esposa à loucura. Seu encontro com um ainda anônimo Fernando Pessoa é desses fatos improváveis que acabam concedendo à realidade um inegável aspecto de artifício, às vezes mais ficcional que a própria ficção. O poeta português traduziu o seu *Hymn to Pan*, aliás, ironia máxima que o mago atingisse o

Carta de Crowley anunciando sua visita a Fernando Pessoa em Portugal.

cume de sua poesia pelas mãos de Pessoa, um dos maiores artesãos do século, aos olhos de Crowley apenas um astrólogo poderoso. A Besta finalmente foi ter com o patrão no inferno, a 5 de dezembro de 1947.

Lúcia, religiosa nascida no vilarejo de Aljustrel, Portugal, testemunhou as aparições da Virgem de Fátima, entre maio e outubro de 1917. Acompanhada dos irmãos Francisco e Jacinta (que faleceram logo depois, em 1918 e 1919, respectivamente), ela foi o único indício vivo da ocorrência do mistério até 2005, ano de sua morte. Um enigma indecifrável, sem sombra de dúvida, é o motivo de a Santa Senhora ter mostrado o Inferno às inocentes crianças em sua primeira aparição. Sim, pois não é Deus uma fonte de infinita bondade? Mas não, como nossas mulheres, que insistem em nos contradizer diante dos outros, eis que vem a Virgem distribuir aos garotos uma amostra grátis do que nos espera a todos.

Aleister Crowley, a autoproclamada "Besta 666".

Os pastorinhos de Fátima e seu guia para um tour no Inferno.

Joca Reiners Terron nasceu em Cuiabá, em 1968, e vive em São Paulo. Poeta, prosador e designer gráfico, foi editor da Ciência do Acidente, pela qual publicou o romance *Não há nada lá* e o livro de poemas *Animal anônimo*. É autor também dos volumes de contos *Hotel Hell, Curva de rio Sujo* e *Sonho interrompido por guilhotina*. Dele a Companhia das Letras publicou *Do fundo do poço se vê a lua*, vencedor do Prêmio Machado de Assis na categoria melhor romance.

ESTA OBRA FOI COMPOSTA POR OSMANE GARCIA FILHO EM WARNOC
E IMPRESSA PELA PROL EDITORA GRÁFICA EM OFSETE SOBRE
PAPEL PÓLEN SOFT DA SUZANO PAPEL E CELULOSE PARA
A EDITORA SCHWARCZ EM SETEMBRO DE 2011